Vitus Boldt

Bike Hunting

Buch

Zufällig findet der junge Motorradbulle Marko Gehmaier, selbst ein leidenschaftlicher Biker, im Internet Videoclips, die spannende Privatrennen von adrenalinsüchtigen Racebikern zeigen. Die Fights auf den schönsten Alpenpässen münden bald in erbarmungslosen Hetzjagden und enden mit tödlichen Crashs. Ein geheimnisvoller Bike Hunter stellt die Clips online. Ohne einen Anhaltspunkt, wer sich da wo matcht, beginnt Marko Gehmaier zu ermitteln.

Autor

Vitus Boldt ist das Pseudonym eines leidenschaftlichen österreichischen Bikers, der die beschriebenen Touren, Pässe und Regionen wie seine Westentasche kennt und seit mehr als zwanzig Jahren viel Zeit auf seinem Motorrad verbringt, um die schönsten Bike-Routen in den Alpen, den Abruzzen und in den Pyrenäen zu erkunden.

Wenn er nicht gerade vor dem Computer oder auf dem Rücken seiner Reiseenduro sitzt, ist er am liebsten in der Natur unterwegs.

Vitus Boldt

BIKE HUNTING

Ein Marko Gehmaier Krimi
im Motorrad-Milieu

ROMAN

Alle Handlungen und Personen sind frei erfunden. Jede Ähnlichkeit mit lebenden oder toten Personen und realen Ereignissen ist unbeabsichtigt und rein zufällig.

Originalausgabe: Dezember 2014

Verlag: pink monday publishing e.U.,
Wien
Umschlagillustration und -gestaltung: Damian M.
istockphoto.com
forgiss(2029622)
benlynn(8892213)
ISBN-13: 9783903041011
ISBN-10: 3903041017

Zwischen Mut und Leichtsinn
liegt nur ein schmaler Grat
(Aristoteles, geb. 384 vChr.)

-Prolog-

Murau: Tödlicher Motorradunfall auf der Turrach

Gestern kam es auf der Turrach zu einem folgenschweren Motorradunfall. Ein 26-jähriger Motorradfahrer aus Graz prallte auf der Abfahrt von der Turrach aus noch ungeklärter Ursache gegen die linke Leitschiene einer Rechtskurve und stürzte mehrere Meter tief in das Bachbett. Ein nachfolgender Autofahrer fand das schwer beschädigte Motorrad und entdeckte den verunglückten Fahrer. Der herbeigerufene Notarzt konnte nur mehr den Tod des Unfallopfers feststellen.

Er las die kurze Nachricht im Regionalteil der Onlineausgabe seiner Zeitung. Seine Mundwinkel kräuselten sich zu einem spöttischen Grinsen, bevor er den Computer auf Standby stellte.

-1-

Am Tag davor

Johann, den seine Freunde Jonny riefen, freute sich auf seine Biketour. Endlich passte die Wettervorschau und er hatte auch noch kurzfristig zwei Tage frei bekommen, um ein langes Wochenende zu haben. Er wollte es wieder mal so richtig krachen lassen und sein Streetfightermotorbike an die Grenzen bringen. Er war in dieser Saison schon einige Touren gefahren und fühlte sich prächtig, sodass er dachte, gut eingefahren zu sein. Jetzt war es endlich soweit.

Aus Graz raus, in den Ortsdurchfahrten und auf den Durchzugstraßen ließ er Vorsicht walten. Er wusste, dass da gerne die Bullen mit den Radargeräten lauerten. Aber oben in den Bergen, wo jetzt - wie er hoffte - wenig los war, wollte er mal wieder so richtig aufdrehen. Mit seinen Kumpels war er auch schon ein paar Mal am Hungaroring gewesen, um sich auf der Rundstrecke auszutoben. Aber das war einfach etwas anderes. Mit den anderen im Kreis zu fahren, der tadellose Asphalt, der Kies in den Sturzräumen jeder Kurve. Das alles war lustig, aber keine echte Herausforderung. Es nervte ihn auch, dass Peppo und Max aus seiner Motorradclique ständig eine Spur schneller waren als er, weil sie immer die stärkeren Bikes hatten. Fahrtechnisch bin ich mindestens genauso gut, dachte er. Ich bremse später, komme in den Kurven viel tiefer runter und meine Linie ist besser. Außerdem kannte er seine Kumpels und deren Grenzen gut und deshalb bezeichnete er sie auch gerne als ´Coffee-Racer´: Typen, die ein paar schnelle Runden drehen und dann im Café oder Gastgarten lange drüber quatschen, wie toll sie sind. Genau das war ihr Ding.

Jonny liebte die Reaktion des Bikes, wenn er aus der Kurve heraus am Gasgriff drehte, das Motorrad sich jähzornig aus der Schräglage aufrichtete und die Beschleunigung auf den Steigungen ihm fast das Gefühl des Fliegens gab. Geil, einfach geil, dachte er. Während er in das Tal, welches auf die Passstraße führte, einbog, spürte er, wie die Erregung in ihm aufstieg und die Vorfreude das Adrenalin pushte. Bald kam er zur ersten Kehre. Der Asphalt war trocken. Ein schneller Blick zum Kurvenausgang und bergauf zeigte, dass die Straße frei war. Er bremste kaum merkbar ab, die linke Hand zog die Kupplung, während sein Fuß automatisch den niedrigeren Gang reindrückte. Er legte sich in die Kurve. Sein Blick zog einen Viertelmeter rechts vom Mittelstreifen eine unsichtbare Linie. Er hängte sich tief ins Bike. Er spürte seinen linken Knieschleifer den Asphalt küssen. Er wusste, wie tief er unten war. Die Linie ging in eine Gerade über. Automatisch riss seine rechte Hand am Gasgriff. Der Motor heulte auf. Das Bike kam aus der

Schräglage hoch, der Vorderreifen schien fast abzuheben, während das Hinterrad tief einsank. Fast ein Wheelie, dachte er. Jonny drückte seinen Oberkörper auf den Tank. Unbewusst riss er die Kupplung, zeitgleich hakte sein Fuß den höheren Gang rein. Schon schoss er auf die nächste Kehre zu. Nach rechts bergauf. Ein kurzer Blick. Keine Sicht nach oben über den Abhang. Egal. Bremsen, runterschalten. Das Bike auf die Sperrlinie gedrückt spürte er den Schleifer auf seinem rechten Knie. Der Sound des Auspuffs hallte von der Felswand wieder.

Er hatte bereits einige Pässe überwunden, als er auf dem Parkplatz eines Landgasthofes ein paar Bikes am Seitenständer lehnen sah. Aggressives Rot und Giftgrün waren die dominanten Farben. Die breiten Hinterreifen verwiesen auf die sportlichen Biker. Die Uhr in seinem Cockpit stand auf Mittag und er wollte mal sehen, welche Jungs das waren. Er schaltete zurück, ließ den Motor noch einmal aufheulen und die Maschine auf dem Parkplatz ausrollen. Er drückte den Seitenständer runter und stellte sein Bike neben den anderen auf. Im Gastgarten hatten natürlich einige aufgeblickt, als sie den hochgezüchteten Motor hörten. Doch jetzt ignorierten sie den Biker, der im Gehen den Helm abgenommen hatte und die an den Knöcheln verstärkten Lederhandschuhe in den Helm steckte.

»Hallo«, sagte Jonny und fragte, ob er sich in die Runde setzten dürfe.

Bald war man im Gespräch über die Bikes, die Motoren, deren Tunings und die Reifenhaftung bei unterschiedlichen Bedingungen. Nebenbei wurden Spaghetti verzehrt und Radler getrunken. Als sich die Fünfergruppe aufmachte, blieb Jonny demonstrativ gelassen sitzen, obwohl es ihn auch schon wieder juckte. Aber er wollte ohnehin in die Richtung, aus der die anderen gekommen waren. Bald nahm er seinen Ritt wieder auf.

Am späteren Nachmittag war Jonny so richtig warm gefahren. Einen Pass war er wegen der tollen Spitzkehren und der langen Geraden rauf und gleich wieder runter gefahren, um die Strecke nochmals zu genießen. Die paar Autos wurden wie im Flug überholt. Auf den einen oder anderen Motorradfahrer war er aufgelaufen, hatte kurz beobachtet, ob diese beschleunigten oder hatte sie einfach überholt. Die gemächlichen Tourenfahrer wichen ohnehin aus, wenn sie Jonny hinter sich wahrnahmen und ließen ihn ziehen. Ihm bereitete es wenig Vergnügen, so kampflos zu überholen. Selbst wenn er mit heulendem Motor und einer Spitzenbeschleunigung an ihnen vorbei zog, hielt sich der Spaß in Grenzen. Bei den Bikern, die merkbar Gas gaben, wenn sie das Licht seiner Mschine im Rückspiegel wahrnahmen, war das anders. Hier gab es das eine oder andere kurze Match auf den Geraden oder um die Ideallinie vor der Haarnadelkurve, das Jonny in der Regel für sich entschied.

Nach einem Tankstopp und einem späten Cappuccino rollte er auf die Landstraße, als er einen Biker im Rückspiegel sah. Die schwarze Silhouette umrahmte den aggressiv bläulichen Scheinwerfer, der Helm und das Visier erschienen ebenfalls dunkel. Der Schwarze näherte sich, fuhr knapp auf Jonnys Bike auf. Jonny drückte den niederen Gang rein und schnalzte die Kupplung. Das Bike schoss voran. Er schaltete gleich wieder hoch und schielte kurz in den Rückspiegel. Die schwarze Gestalt klebte ihm förmlich auf der Nummerntafel. Na gut, dachte Jonny, mal sehen was du drauf hast, drehte am Gasgriff und schoss auf die erste Haarnadelkurve zu. Das bevorstehende Match mit dem Schwarzen ließ ihm den Puls in den Schläfen gegen den Helm pochen.

Ein diabolisches Grinsen huschte über das Gesicht des Verfolgers. Der Vordere hatte die Herausforderung angenommen. Er drehte am Gasgriff und erhöhte den Druck, indem er ein Überholmanöver andeutete. Das Licht seines eigenen Scheinwerfers blitzte im linken Spiegel des Gejagten auf. Er musste ihn bemerkt haben. Er sah, wie das Bike vor ihm zur Fahrbahnmitte wich, um ihm den Weg zu versperren. Das Duell hatte begonnen.

-2-

Als Marko Gehmaier kurz vor sieben Uhr früh seine Polizeidienststelle in Klagenfurt betrat, war die Dienstablöse voll im Gang. Die müde aussehenden Kollegen vom Nachtdienst räumten ihre Arbeitsplätze. Der Frühdienst scharrte sich um die Kaffeemaschine. »Sagt, haben wir Fotos von der Unfallstelle des Motorradunfalls von der Turracher Höhe im System?«, fragte Marko in die Runde in der Kaffeeecke. »Ich habe da nämlich auf Youtube ein Video von einem wilden Ausritt gesehen. Die Unglücksstelle scheint auf der Turrach zu sein.«

Marko war sich da ziemlich sicher, denn diese Gegend kannte er wie seine Westentasche, hatte er doch fast seine halbe Kindheit dort oben verbracht.

Ein Kollege, der gerade zur Tür hinaus wollte, blieb stehen und sagte: »Ich glaub, ich hab das auch gesehen. Hab aber nicht an die Turrach gedacht. Der Klipp hat irre viele Klicks. Eigentlich sollte so etwas nicht online gestellt werden. Versuch es mal bei den steirischen Kollegen. Ich glaub, die haben den Unfall aufgenommen. Bis morgen dann.«

Marko kam erst am Nachmittag dazu, einen befreundeten Kollegen vom steirischen Polizeiposten anzurufen, der ihm die Aktenzahl für die elektronischen Unterlagen nannte.

»Fotos sind auch dabei«, meinte dieser noch. »Informier mich, wenn du was Interessantes findest. Dass der Typ zu schnell war, ist ja offensichtlich, aber irgendwie ist es trotzdem komisch. Also bis dann.« Marko legte der Hörer auf den Apparat.

Marko Gehmaier war seit mehr als acht Jahren bei der Polizei. Gleich nach der Polizeischule war er dreieinhalb Jahre dem Polizeikommando einer Bezirkshauptstadt zugeteilt gewesen, bevor er sich zur Motorradgruppe im Landespolizeikommando gemeldet hatte. Als begeisterter Biker war er selbst gerne mit dem Motorrad unterwegs. Privat fuhr Marko, der eigentlich Markus hieß, gerne mal eine schnelle Runde auf der Rennstrecke. Dafür hatte er ein japanisches Racebike. Für die längeren Touren, die ihn schon über viele Alpenpässe nach Frankreich und in die Pyrenäen geführt hatten, nahm er jedoch lieber die bequemere Reiseenduro mit den komfortablen Seitenkoffern.

Im Dienst hatte er schon einiges erlebt. Einsätze zur Verkehrsüberwachung oder Konvois waren ja eher langweilig, bei schlechtem Wetter kam da noch weniger Begeisterung auf. Mit Schaudern erinnerte er sich an eine Dienstfahrt, bei der er an einer roten Ampel stand, als es plötzlich wie aus Eimern zu schütten begann. Das Wasser war ihm innerhalb von Sekunden beim Hals hinein und bei den Stiefeln heraus gelaufen.

Dagegen waren Schönwettereinsätze auf den beliebten Bikerrouten schon fast wie eine private Sonntagstour. Sozusagen als Biker unter Bikern, wenn auch mit dem nicht gerade sportlichen Dienstmotorrad. Von Einsätzen bei Verkehrsunfällen mit Motorrädern hatte Marko dagegen viele schreckliche Bilder im Kopf. Bilder von Verletzten am Straßenrand, herumliegenden Fahrzeugteilen, Motorrädern in Öllachen. Besonders grässlich waren Unfälle mit Schwerverletzten, abgetrennten Gliedmaßen. Und immer das nervige Geheule der Sirenen und das zuckende Blaulichtgewitter.

-3-

Markos Tagdienst war vorüber und der Nachtdienst war bisher ruhig verlaufen. Als er nach zweiundzwanzig Uhr endlich den Schreibkram erledigt hatte, fiel ihm das Video wieder ein. Er kramte den Zettel mit der Aktenzahl aus seiner Uniformhemdtasche hervor und rief die elektronischen Unterlagen ab. Als erstes sah er sich die Fotos von der Unfallstelle an. Die Perspektiven waren natürlich anders als im Video. Die Kollegen mussten ja auch die Unfallstelle möglichst detailliert dokumentieren. Aber zwei Fotos von der Rechtskurve mit der linksseitigen Leitschiene waren aus mehreren Metern Entfernung aufgenommen worden. Am Asphalt waren keine Bremsspuren zu erkennen. Aber das mochte nichts bedeuten. Seitdem viele Bikes mit ABS ausgestattet waren, hatte die Polizei diese Beweismittel verloren. Das erste Foto zeigte das gegen die Abgrenzung gekrachte Bike vor der Leitschiene liegend. Am zweiten war das zerstörte Fahrzeug schon entfernt worden. Marko zoomte sich in das Bild hinein. Deutlich waren auf der Metallblanke die Beschädigungen vom Unfall zu sehen. Marko fror das Bild ein und nahm seinen privaten Tablet-PC aus der Tasche. Aus Sicherheitsgründen durften die Polizeicomputer nicht auf das Worldwideweb zugreifen. Er rief das Video auf und schaute sich die knappe Minute an. Er spielte es ein paar Mal mit normaler Geschwindigkeit ab. Es begann mit einer Szene vor einer Kehre, bei der der Biker von hinten gefilmt wurde.

Der nachfolgende Fahrer näherte sich sehr schnell an und fuhr dem voran fahrenden Bike fast auf. Dann schien es, als wollte er noch vor der Kehre innen überholen. Doch der Verfolgte fuhr eine saubere Linie und ließ dem nachkommenden keine Chance zum Überholen. Deutlich war das Grazer Kennzeichen zu sehen, als die Maschine aus der Schräglage hoch pendelte. Der Vordere war ein paar hundertstel Sekunden schneller aus der Kurve und das offenbar sehr PS-starke Bike gewann auf der Geraden ein bisschen Abstand zum Verfolger. Doch dieser drehte ebenfalls voll auf und näherte sich wieder an. Am Bildrand blitzten schon die Hinweisschilder für die Rechtskurve auf. Der Verfolger schob sich immer näher an den Vordermann heran und machte offenbar ordentlich Druck. Der Gejagte gab trotzdem nicht auf. Er legte sich noch tiefer auf den Tank und schien das Letzte aus seiner Maschine herauszudrehen.

Selbst beim Zusehen stieg Marko das Adrenalin hoch. Zu gut kannte er Situationen wie diese. Früher hatte er sich selbst nur allzu gerne auf solche Duelle eingelassen. Doch heute, mit all den Unfallbildern im Kopf, hätte er sich längst aus der Rennposition aufgerichtet und den Drängler vorbei gewunken. Der Verfolger schob sich noch näher an das Bike mit dem Grazer Nummernschild heran. Die Kurve musste unmittelbar bevorstehen. Der führende Fahrer schien sich nicht auf die Kurve vorzubereiten. Als würde er sie gar nicht wahrnehmen. Mit voller Geschwindigkeit schoss er in der Kurve geradeaus und auf die Leitschiene zu. Sein Bike prallte gegen die doppelte Aluschiene und der Fahrer wurde mit voller Wucht über den Lenker hinweg geschleudert. Der Verfolger hatte offenbar in letzter Sekunde voll gebremst. Die Kamera glitt in die Rechtskurve und ins Off.

Marko fuhr das Video mit dem Schiebebalken auf die letzten Sekunden zurück und sah sich die Sequenz nochmals an. Einfach unglaublich. Diese Brutalität. Er stand auf und ging ans Fenster.

Sein Blick war in die Dunkelheit der Nacht gerichtet. In seinen Gedanken lief immer wieder die Sturzszene ab. Er konnte es nicht fassen, dass jemand ein solches Duell mitmachte. Wie bei einer Treibjagd. Nur dass der verunglückte Biker auch noch selber mitschuldig war. Er hatte sich ja offenbar auf das Match eingelassen und alles verloren.

Gehmaier wusste nicht, wie lange er in die Dunkelheit gestarrt hatte. Seine Gedanken waren zu seinen eigenen Bikeausfahrten abgeglitten. Wieder einmal kamen ihm Zweifel wegen des Risikos seines Hobbys hoch. Die Motorradeinheit der Polizei wollte er ohnehin bald verlassen. Er hatte sich schon zu einem Lehrgang der Kripo angemeldet und hoffte nun, die Aufnahmekriterien zu erfüllen. Er wusste auch, dass er heute vernünftiger und ruhiger Motorrad fuhr als früher. Als er gerade darüber nachdachte, dass er zwar das eigene Risiko minimieren konnte, nicht jedoch den Wahnsinn der anderen, riss ihn das Krächzen des Funkgerätes zurück ins Büro.

Die Kollegen von der Streife hatten gemeldet, dass sie jetzt Planquadrat Dora abfuhren. Obwohl die Polizei jetzt mit abhörsicherem Funk ausgestattet war, hielt sich die Gewohnheit, die Ortsangaben mit den Codes zu benennen. Gehmaier quittierte den Funkspruch und setzte sich wieder. Er öffnete am Bildschirm den Unfallbericht und suchte nach der Angabe, wer den Unfall gemeldet hatte. Das war ein Autofahrer, der offenbar ein paar Minuten nach dem Unfall das liegende Bike sah. Er hatte auch den Biker im Bachbett gefunden und ans Ufer gezogen. Obwohl ihm der starre Blick des Verunglückten wenig Hoffnung ließ, wählte er sofort den Notruf und versuchte Erste Hilfe zu leisten. Somit war klar, dass der Verfolger den Unfall nicht gemeldet hatte. Offenbar hatte er den Verunglückten im Stich gelassen und war abgehauen. Aber dann hatte der perverse Typ das Video online gestellt. Marko suchte die Uploadzeit und sah, dass das Video bereits viereinhalb Stunden nach dem Eintreffen der Polizei am Unfallort online war.

Wieder und wieder ließ Marko den kurzen Film ablaufen. Durch den Vergleich der Kennzeichenangaben im Unfallbericht mit dem Video war er bereits hundertprozentig sicher, dass das Video den tödlichen Unfall zeigte. Marko erkannte aus dem Aufnahmewinkel, dass die Kamera offenbar am Bike fixiert war und nicht – wie so oft üblich - am Helm des Fahrers. Nur am Bildrand war vom Fahrzeug der schnell drehende Vorderreifen und ein Stück von der Felge zu sehen. Der pendelnde Neigungswinkel war charakteristisch für das Verhalten eines Motorrads bei Kurvenfahrten. Bei Aufnahmen von der Helmkamera sah das anders aus.

Welchen Zusammenhang gab es zwischen dem Video und dem Unfall? War das eine zufällige Aufnahme oder zeigte es ein illegales Privatrennen? Kannten sich die Fahrer? Und falls ja, warum hat der zweite Fahrer keine Erste Hilfe geleistet, geschweige denn, den Unfall gemeldet? Und warum hat der Scheißkerl das Video so schnell nach dem Unglück online gestellt? Ein eingehender Notruf rief Gehmaier zu einem Einsatz.

-4-

Das Wetter am Albulapass im Schweizer Engadin war traumhaft. Kleine strahlend weiße Wölkchen tummelten sich vor einem blitzblauen Himmel. Dunkle Vögel zogen in großer Höhe ihre Kreise. Die Felsen glitzerten in der frühen Vormittagssonne. Auf der Schattseite lagen noch ausreichend Schneefelder. Rundum war das leise Murmeln des Schmelzwassers zu hören. Auf der Passhöhe war noch kein Betrieb. Nur zwei Autos mit einheimischen Kennzeichen standen am sonst leeren Parkplatz. Vermutlich Jäger oder Bauern, die den Zustand ihrer Weiden prüften. Agnes beendete ihre Pause, zog den Reißverschluss ihrer Lederjacke zu und nahm den Helm, den sie über den Rückspiegel gehängt hatte, in beide Hände. Sorgfältig zog sie die Kinnriemen heraus und wischte sich mit dem Handrücken eine Haarsträhne hinters Ohr. Nachdem sie den Sitz des Helms und des Kinnverschlusses geprüft hatte, nahm sie die Lederhandschuhe vom Tank und zog sie über die Finger. Die Morgensonne hatte diese angenehm aufgewärmt. Sie schwang sich auf den Sattel und ließ den Motor ihres Naked Bikes mit einem Druck auf den Startknopf aufheulen. Langsam rollte sie vom schottrigen Parkplatz auf die Fahrbahn. Stellenweise dampfte diese in der Sonne. Gemächlich schaltete Agnes hoch und genoss das ruhige Gleiten über die kleine Hochebene. An einigen Stellen liefen kleine Wasserstreifen über den Asphalt. Der kleine See rechts von der Fahrbahn war noch von Schneeresten eingesäumt. Das Bike rollte fast ohne Gas bergab, als Agnes einen Lichtstrahl im linken Rückspiegel aufblitzen sah. Sie schaute genauer hin und erkannte ein Motorrad, das sich rasch annäherte.

Er hatte das Bike vor sich schon wahrgenommen, als er von der Albulapasshöhe Richtung Osten, übers Tal auf die Engadiner Alpen und die Berninagruppe blickte. Er drehte am Gasgriff und beschleunigte sein Bike talwärts. Nach ein paar Minuten hatte er es fast eingeholt. Er blickte in den Rückspiegel und nochmals nach vorne. Sie waren völlig allein auf der Straße, kein anderes Fahrzeug war zu sehen. »Na, Lust auf einen kleinen Fight?«, fragte er, mehr an sich selbst als an den anderen Fahrer gerichtet. »Mal sehen, was du drauf hast!« Er wollte sein Spiel beginnen und schob sich näher an das Bike heran. Aus der Reaktion des Vorderen erkannte er meist gleich, ob sich dieser provozieren ließ oder nicht. War das ein Biker, der das Gas aufdrehte, um den Verfolger abzuschütteln und seinen führenden Platz zu halten? Selten kam es vor, dass ihn einer vorbeiließ und dann hinten dran klebte. Die meisten kämpften doch zumindest ein bisschen dafür, die Führung zu behalten.

Agnes hatte sein Näherrücken bemerkt, konzentrierte sich aber voll auf die Straße. Bald würden die ersten Kehren kommen. Er erhöhte den Druck von hinten, indem er den Abstand weiter verringerte. Er betrachtete das Bike vor ihm und erkannte ein Graubündner Kennzeichen. Noch näher heran. Sein Blick wanderte nach oben auf den Fahrer. Schmal und zierlich schien ihm dieser. Der Helm blitzte in der Sonne auf und erst jetzt bemerkte er, dass ein dunkler Haarzopf über der schwarzen Lederjacke baumelte. Der Blick glitt Richtung Hinterteil, das ebenfalls in engem Leder steckte. Das ist ja ein Girlie, dachte er. Deshalb fährt sie so.

Agnes war völlig auf die erste Kehre konzentriert und musste den Verfolger ignorieren. Auf der Geraden nach der Haarnadelkurve blickte sie in den Rückspiegel und sah, dass sich der Abstand wieder vergrößert hatte. Warum überholst du nicht, Blödmann?, fragte sie sich, jetzt wäre doch eine Gelegenheit. Doch der Verfolger hatte sich zurückfallen lassen und rollte jetzt gemütlich hinter ihr her. Nach den Kehren musste sie bei der Bahnüberquerung von La Punt vor dem geschlossenen Schranken anhalten. Sie wusste, dass das ein paar Minuten dauern würde und stellte den Motor ab. Der Verfolger kam neben ihr zu stehen, stellte ebenfalls den Motor ab. Agnes hatte das Visier ihres Helmes nach oben geschoben, die Sonnenstrahlen wärmten ihr Gesicht.

Er drehte sich zu ihr hin und sah im geöffneten Helm nur ihre dunklen Augen mit den geschwungenen Augenbrauen und die zarte Nasenwurzel. Er vermutete, dass sie ein hübsches Gesicht mit dunklem Teint hatte.

»Ein schöner Morgen zum Biken, oder?«, raunte er hinter dem Kinnteil des Helmes, während Agnes stur geradeaus blickte.

Fast hätte sie ihn nicht gehört. Instinktiv drehte sie ihren Kopf in die Richtung aus der die Stimme kam und musterte den Besitzer. Er trug einen mattschwarzen Helm und eine schwarze Lederjacke mit den typischen bunten Applikationen eines Rennanzuges. Was sie trotz Helm vom Gesicht sah, schien nicht unsympathisch.

»Bist wohl aus der Gegend?«, fragte er.

»Ja«, gab sie eintönig zurück, hatte keine Lust auf eine weitere Konversation.

»Von wo kommst du?«, wollte er wissen. Ganz schön hartnäckig der Typ, nicht nur auf der Straße, auch im Gespräch schien er keinerlei Hemmungen zu haben, seine Mitmenschen zu bedrängen.

»Ich dreh nur eine Vormittagsrunde, herüber über den Albula, zurück über den Julierpass«, erwiderte sie. So freundlich hatte sie jetzt gar nicht sein wollen.

»Bist ´ne saubere Linie gefahren«, meinte er. »Ich wollte dich nicht hetzen, das mache ich bei Girls nie.«

»Nett vor dir«, erwiderte sie, »hätte aber sein können, dass ich die Herausforderung annehme. Das ist meine Haustrecke. Wäre sicher interessant geworden«, meinte sie mit einem frechen Grinsen.

Er schluckte. Ganz schön dreist die Puppe, dachte er.

»Wir können es ja den Julierpass hinauf probieren«, gab er zurück. Aber mitten im Satz fuhr der Zug der SBB mit den typischen Panoramawaggons für Touristen vorbei und übertönte alles andere.

Sie verfolgte mit ihrem Blick das Schlusslicht des Zuges und sah das rote Licht der Ampel erlöschen. Schon hatte sie den Daumen am Anlasser und ließ ihren Motor aufheulen. Die Schranke war noch nicht ganz oben, als Agnes mit eingezogenem Kopf bereits über die Gleise fuhr. Das war so schnell gegangen, dass er völlig überrascht war. Als er zur T-förmigen Kreuzung kam, war sie bereits verschwunden. So ein Miststück, ärgerte er sich. Der hätte ich es zeigen sollen! Scheiß Emanzen! Das nächste Mal würde er nicht mehr auf Mädels Rücksicht nehmen. Er ließ den Motor aggressiv aufheulen als er nach rechts abbog und in Schräglage durch den Kreisverkehr in die Ausfahrt Richtung Berninapass jagte. Scheiß auf den Julierpass.

-5-

Nach dem Sechsunddreißigstundendienst war Marko früh zu Bett gegangen und hatte sich ausgeschlafen. Beim Frühstück mit Kaffee und einem Speckbrot freute er sich auf zwei freie Tage, die er in der frischen Luft der Berge verbringen wollte. Gut gelaunt verließ er seine Wohnung, ging gleich am Morgen als erstes zum Friseur, um sein braunes Haar, das sich bereits zu Locken kringelte, wieder auf seinen geliebten ´helmtauglichen´ fünfzehn Millimeter Bürstenschnitt stutzen zu lassen, den er den Sommer über gerne trug.

Der Rucksack lag schon gepackt im Auto, damit er gleich nach dem Haareschneiden in Richtung Turrach aufbrechen konnte. Er wollte am ersten Tag auf den Großen Speikkofel und am zweiten auf die Breithöhe steigen. Beide Berge kannte er gut, denn er hatte in den Sommerferien oft einige Wochen auf der Hütte seines Großvaters verbracht, die unter dem Speikkofel in einer geschützten Mulde lag. Dort wollte er auch übernachten. Als er von der Turrachstraße rechts ins Seitental abbog, kamen heimatliche Gefühle und Erinnerungen auf. Nach ein paar Kilometern auf der Schotterstraße erreichte er die Absperrung. Er parkte sein Auto am dafür verbreiterten Wegrand, tauschte die Turnschuhe gegen die Bergschuhe und hob den Rucksack und die Walkingstöcke aus dem Kofferraum. Sorgfältig prüfte er, ob das Auto versperrt war und schob vorsichtshalber einen Stein unters linke Hinterrad.

Nach dem Tiergatter war der Weg wesentlich schmäler und etwas verwachsen. Wanderer kamen selten hier her. Nur die Bauern, die hier Wald besaßen, oder Jäger gehörten zu den regelmäßigen Besuchern. Der anfänglich flache Weg war in einen steilen Anstieg übergegangen. Beim Gehen war es Marko warm geworden. Er blieb stehen, zog die Jacke aus und band sie am Rucksack fest. So wie er es vom Großvater gelernt hatte, dachte er. Immer schön drauf achten, dass du nichts verlieren kannst, lautete die Vorgabe, mit der er ihm Ordnung beigebracht hatte. Beim Gehen überlegte er, wie oft er wohl diesen Weg schon gegangen war. Ganz selten waren sie mit dem klapprigen Auto des Großvaters hinauf bis zur Hütte gefahren. Nur, wenn etwas transportiert werden musste, das zu schwer zum Tragen war.

Er dachte an seinen Großvater, der wegen Herzproblemen körperliche Anstrengungen vermeiden musste, und wie glücklich dieser oben auf seiner Hütte gewesen war. Gerne hatte er dabei Markos Familie mit ihm und seiner Schwester um sich. Als Kinder konnten sie den ganzen Tag auf den Wiesen und im Wald herumspielen. Bauten Häuschen aus Baumrinden, spielten Bauernhof mit Tieren aus Fichten- und

Tannenzapfen oder stauten den kleinen Bach mit ein paar Steinen auf. Er lächelte in sich hinein, als ihm einfiel, wie er und seine Schwester einmal pitschnass zu Hütte zurückgekommen waren und die Mutter ordentlich geschimpft hatte. Großvater hatte sie beruhigt und gemeint, dass sie schon daraus gelernt hätten und es sicher nicht mehr so leicht passieren würde. Nur wenige Tage später waren sie wieder völlig nass geworden, diesmal jedoch, weil sie ein Regenguss überrascht hatte. Aber ihre Widerstandskräfte waren damals sicher superstark gewesen. Er konnte sich nicht erinnern, auf der Hütte auch nur einen einzigen Tag krank gewesen zu sein.

Marko hatte die kleine Anhöhe erreicht, von der aus er die Hütte in der Vormittagssonne liegen sah. Eine Viertelstunde noch, dachte er. Er wollte zuerst zur Hütte, um dort die für die Bergtour unnötigen Sachen aus dem Rucksack abzulegen.

Als er nach vier, fünf Stunden vom Gipfel zurück zur Hütte kam, musste er als erstes im alten Herd Feuer machen, Wasser in das ´Schiff´ füllen und die Fenster zum Lüften aufmachen. Dann setzte er sich mit einem Krug Wasser aus dem plätschernden Brunnen im eingezäunten Vorgarten auf die alte Holzbank an der Hüttenwand. Das Gras und ein paar Disteln wucherten um die Hütte. Das werde ich noch abmähen, dachte sich Marko. Herrlich schien die Abendsonne und wärmte die Holzwand auf. Er schloss die Augen und genoss die Sonnenstrahlen auf Gesicht und Brust. Später, als die Sonne langsam hinter dem westlichen Bergkamm versank, ging er mit dem Weidenkorb hinüber zum Schuppen, um den Holzvorrat in der Stube aufzufüllen. Als er den Verschlag geöffnet hatte und das Licht in den Schuppen fiel, sah er das alte Puchmoped an der Wand lehnen.

Er ging hin und tätschelte dem alten Ding freundschaftlich den Gummisattel. Viele Stunden hatte er mit dieser MV50 verbracht. Anfangs musste er seinem Opa beim Putzen helfen, später durfte er, am Gepäckträger sitzend, mitfahren. Nur talwärts, denn für den steilen Anstieg waren die paar PS aus den fünfzig Kubikzentimeter einfach zu schwach für beide. Als er etwas größer war, hatte ihm der Großvater das Fahren beigebracht. Aber nur unter seiner Aufsicht und nur rund ums Haus. Marko war bald übermütig und bezahlte dies mit einem Ausritt. In einer Kurve war das Vorderrad weggerutscht und auf der steinigen Böschung gelandet. Der alte Helm war zu locker gesessen und beim Aufschlag verrutscht. Die Narbe unter Markos Kinn, die als heller Streifen herausleuchtete, wenn sich Marko einen Dreitagebart gönnte, war eine bleibende Erinnerung.

Nach dem Sturz hatten die beiden stundenlang Arbeit, um das Moped zu reparieren. Marko lernte dabei auch gleich die Bremsen zu warten, Öl zu wechseln und Reifen aufziehen. Wenn Opa gewusst hätte, wie oft Marko dann auch heimlich zum Moped gegriffen hatte. Oder hatte es Großvater einfach stillschweigend toleriert?

Als er nach dem Abendessen unter den Daunen lag und an früher dachte, meinte er, es dem Moped verdanken zu können, dass er heute so gerne Motorrad fuhr. Beim Einschlafen nahm er sich vor, den Großvater bald wieder zu besuchen und, darauf freute er sich besonders, das alte Moped wieder herzurichten.

-6-

Frankies Mutter schaute zur Tür herein. »Bekommst du heute noch Besuch?«, wollte sie wissen. »Ich geh dann nämlich noch rüber zur Nachbarin, die braucht ein bisschen Hilfe mit dem Buben. Weißt ja, seit sie den zweiten Kleinen bekommen haben, schafft sie die Hausarbeit kaum noch.

»Glaub nicht«, antwortete Frankie mit einem traurigen Unterton. Seit einem halben Jahr wohnte er jetzt wieder bei seinen Eltern. Seit jenem Spätsommer, der sein Leben für immer verändert hatte. Seine Mutter schmerzte seine Stimmung. Sie litt mit ihm, konnte jedoch Frankie nicht helfen. Meist reagierte er grob, wenn sie ihn darauf ansprach. Jetzt hatte sie weder Zeit noch Lust auf eine Auseinandersetzung.

Als die Tür zuging, hing er seinen Gedanken nach. Früher waren sie immer zusammen gesteckt. Andi und er. Nicht nur in der Schule, auch am Nachmittag waren sie zusammen am Fußballplatz, beim Basketball oder mit den Fahrrädern unterwegs gewesen. Er lächelte, als ihm einfiel, dass er länger auf dem Hinterrad fahren konnte, als alle seine Freunde. Sogar länger als sein bester Freund Andi, der sonst überall schneller und stärker war. Bei mancher pubertären Rauferei war diese Freundschaft ein großer Vorteil gegenüber den anderen gewesen.

Später, als sie die Fahrräder gegen Mopeds getauscht hatten, waren ihre Kreise weiter geworden. Bei ihrem ersten Urlaub zelteten sie am See. Bereits auf der Hinfahrt holten sie das Letzte aus ihren gebrauchten Zweitaktern und lieferten sich manches Wettrennen. Tollkühne Reiter auf eisernen Pferden.

Frankie rollte zu seinem Schrank und wühlte in der obersten Lade. Es war schon lange her und er wusste nicht mehr genau, wo er es abgelegte hatte. In der zweiten Lade fanden sich alte Postkarten, Straßenkarten, Fotos aus der Schulzeit, aber nicht das Fotoalbum, das er jetzt suchte. Er grub in die Tiefe und fand es endlich. Stöhnend lehnte er sich zurück. Manches fiel schwerer, wenn man im Rollstuhl saß. Er legte das Fotoalbum auf die Knie, rollte damit zum Fenster, um besseres Licht zu haben und blätterte es auf.

Die Mopeds direkt vor dem Zelteingang aufgebockt, fühlten sie sich als die größten Rocker. Am Tag bewunderten sie die Mädchen am hölzernen Steg und nachts träumten sie von ihnen. Doch die schienen sich von der Lässigkeit der Nachwuchsrocker nicht beeindrucken zu lassen. Kicherten und kreischten, wenn die Jungs sie ins Wasser warfen. Er stand auf die mit den braunen Haaren und den dunklen Augen. Anna, so glaubte er sich an ihren Namen zu erinnern, hatte eine verlockende Figur und wusste das auch. Wie neckisch sie immer das grüngemusterte Bikinioberteil gerade zog. Zu gerne wäre er mit ihr ins Zelt gekrochen. Doch sie entzog sich ihm nach ein paar Küssen. Wenn die Mädels spät nachmittags nach Hause gegangen waren und er mit Andi vor dem Zelt saß, stachelten sie sich mit ihren Angebereien gegenseitig auf.

Frankie fuhr herum, als es an der Tür klopfte, und legte überrascht das Fotoalbum zur Seite, als sein bester Freund ins Zimmer trat. »Hi Andi, wie geht's?«, fragte er und blickte zu seinem Kumpel hoch. Mit ihm hatte er heute wirklich nicht mehr gerechnet.

Seit dem Unfall hatte sich Andi immer um ihn gekümmert. Zuerst einen Monat lang im Krankenhaus, dann in der Rehabilitationseinrichtung, in der Frankie mehrere Wochen verbringen musste. Und jetzt, bei seinen Eltern, besuchte er ihn jede Woche, sofern er nicht auswärts unterwegs war. Aber dass er ihn gleich an zwei Tagen hintereinander sehen würde, war eine nette Überraschung. Er griff an die Räder seines Rollstuhls, um sich ganz zu seinem Besucher zu drehen. »Danke, geht so«, antwortete Andi. Er hatte längst gelernt, dass er Frankie nicht danach fragen durfte, wie es ihm selbst ging, denn stets war die Antwort dieselbe gewesen: »Was soll die Frage, das siehst du ja!« Deshalb sagte er einfach »Ich wollte dich zum Basketballmatch abholen. Heute spielen unsere gegen den Tabellenführer.« Er versuchte immer, sich etwas einfallen zu lassen, um Frankie zu überraschen, wenn er ihn besuchte. Das war nicht immer leicht und nicht nur der Rollstuhl war daran schuld.

-7-

Marko saß mit seinen Jugendfreunden Fritz und Helli bei einem Bier im Gastgarten des Kirchenwirts. Alle drei trugen Radfahrdressen und machten einen leicht erschöpften Eindruck. Wie immer, wenn sie mit dem Mountainbike auf die Distelalm getreten waren, hatten sie sich voll ausgepowert. Vier Stunden waren sie am Vormittag rauf gefahren. Downhill ging es dann ziemlich schnell.

Da sie häufig zusammen Rad fuhren, drehten sich ihre Gespräche nur mehr selten um die Radtour oder die ideale Übersetzung für das eine oder andere Steilstück. Sie tauschten sich zum aktuellen Tagesgeschehen im Dorf aus. Fritz berichtete in letzter Zeit mit Begeisterung über seine beiden kleinen Jungs und ihre Entwicklungsfortschritte. Helli und Marko kannten die beiden natürlich und hatten auch schon mit ihnen gespielt. Meist kam Fritz irgendwann auf seine Motorradleidenschaft zu sprechen, die wegen der Kinder pausieren musste. Wehmütig dachte er an den Verkauf seiner Enduro, als der jüngere Sohn zur Welt gekommen war. Seitdem konnte er seine Sehnsucht nur mit den Fotos der eigenen Touren oder mit Videos aus dem Web bekämpfen. Meist war es nachher schlimmer als vorher.

»Du hast es gut«, neckte er Marko. »Du kannst sogar jobmäßig Motorrad fahren.«

»Na, deine Dienstgurke scheint ja nicht gerade sehr feurig zu sein«, stichelte Helli, der eigentlich kein Interesse am Motorradfahren hatte. Er hatte nicht einmal einen Führerschein für Motorräder. »Wir sitzen beim schönsten Wetter im Büro, während du mal eine Dienstfahrt auf einen Pass oder zu einem See machen kannst.«

»Ist auch nicht immer nur lustig«, entgegnete Marko gelassen. »Das ist wie bei den Skilehrern, die müssen auch immer ran, egal wie die Leute drauf sind oder ob es schneit. Oder wenn du zu einem Unfall musst.«

»Das glaub ich. Da hab ich letztens etwas Brutales gesehen«, sagte Fritz. »Ich hab ja schon viele Crashvideos online gesehen, Unfälle mit Autos, Fahrrädern und natürlich Motorbikes. Erstaunlich, was die Leute alles filmen und online stellen.«

»Was hast du mit ´etwas Brutales´ gemeint«, fragte Helli.

»Also, da haben es sich zwei voll gegeben. Hat ausgesehen wie ein Privatrennen. Der Vordere ließ den Hinteren, der gefilmt hat, immer nahe ran und hat dann wieder voll am Gas gedreht. Der hat dem Hinteren keine Chance zum Überholen lassen. Doch dann hat es den Vorderen voll zerbröselt. Wirklich brutal.«

Markos Aufmerksamkeit war erregt. »Wie voll zerbröselt?«

»Na eben ein totaler Crash. Es hat ihn aus einer Kurve hinausgetragen und er ist gegen die Begrenzungsmauer geflogen. Mehr war nicht zu sehen, weil der, der die Kamera hatte, vorbei gezischt ist und das Video dann aus war.«

»Hast du was erkennen können«, hakte Marko nach. Fritz war auf eine Gelse konzentriert, die sich gerade auf seinen linken Unterarm gesetzt hatte und patschte mit der Hand drauf. »Scheißviecher«, stöhnte er, »das war schon die dritte.«

»Weiß du was gegen die Biester hilft«, hänselte ihn Helli. »Duschen!«

»Was denn, heuer schon wieder?«, antwortete Fritz schlagfertig.

Marko bog sich vor Lachen, mehr wegen der Schlagfertigkeit seines Freundes, als wegen des lauen Witzes.

»Welches Bike war das, auf welcher Straße? Hast du das Kennzeichen gesehen«, nahm Marko seine Frage erneut auf.

»Nö. Also das Bike war eine Straßenmaschine, Naked Bike oder so was. Das Kennzeichenschild war gelb. Also vermutlich Niederländer, glaube ich.«

»Und wo war das«, fragte Marko beharrlich.

»Weiß ich nicht mehr. Ich glaub ist hab´s unter ´Bike Crashs´ auf Youtube gesehen.

»Essen wir noch was, ich hab Hunger«, fragte Helli.

Fritz stimmte zu, seine Frau war mit den Kindern zu den Großeltern gefahren. Marko winkte jedoch ab.

»Sorry«, meine Eltern grillen heute Nachmittag, weil meine kleine Schwester auf Besuch ist. Kathi war gerade im Erasmussemester in Valencia und kam nur selten nach Hause.

»Ah, Kathi«, sagte Helli, »die hab ich auch schon lange nicht mehr gesehen.«

»Du kannst sie ja heute Abend noch zum Weggehen treffen«, erwiderte Marko, der seine Eltern und das kleine Familientreffen nicht mit zwei Überraschungsgästen stören wollte.

»Bis dann!« Er nahm seinen Fahrradhelm und schob sein Mountainbike zur Straße.

-8-

»Peter, kommst du zum Essen?«, rief Eva von der Haustüre in Richtung Garage.

Das letzte Märzwochenende brachte einen der ersten warmen Frühlingstage. Der Winter hatte dieses Jahr lange gedauert, doch nun hatte die Sonne den Schnee weit auf die Berge zurück getrieben. Unten im Tal waren die Wiesen bereits grün und die ersten Frühlingsblüher leuchteten in den Gärten. Peter hatte mit Eva gemächlich gefrühstückt und sich dabei mit ihr über das schöne Wetter unterhalten. »Endlich ist der Frühling da«, schwärmte Eva und freute sich schon auf die ersten Stunden in ihrem Garten, ihrem liebsten Hobby. Sie überlegte laut, was sie alles anpflanzen wollte. Doch Peters Gedanken gingen in eine andere Richtung.

Für ihn begann jetzt nicht nur der Frühling, sondern seine persönliche ´Fünfte Jahreszeit´, wie er die Motorradsaison immer nannte. Jene Monate von April bis September oder Oktober, in denen er sich die Zeit für seine ausgedehnten Biketouren in den Alpen und die umliegenden Ländern nahm. Früher hatte Peter dafür kaum Zeit gehabt. Er war während der Woche meist tagelang für seine Projekte unterwegs gewesen und oft erst am Wochenende zu Eva nach Hause gekommen. Doch jetzt war er in einem Alter, wo ihm die Lebensqualität wichtiger geworden war, als das zweifellos gute Einkommen, das er mit der stressigen Arbeit erzielt hatte. Er erinnerte sich an einen Kollegen, der einmal gemeint hatte, dass man sich heutzutage auch Freizeit kaufen müsse und dabei den Einkommensverzicht gemeint hatte. Wohl wahr, dachte Peter.

»Ja, und ich freue mich auf die ´Fünfte Jahreszeit´«, sagte Peter und strahlte Eva an. Sie wusste, was er damit meinte und hatte Verständnis für seine Motorradleidenschaft. Bei vielen Motorradtouren war sie auf dem Sozius gesessen und hatte es genossen, in Gegenden zu kommen, die sie beide noch nicht kannten. Sie freute sich mit ihm und würde sicher auch in diesem Jahr bei der einen oder anderen Tour mit dabei sein.

So verschwand Peter gleich nach dem Frühstück in der Garage. Dort nahm er den Staubschutz von seiner Reiseenduro und schob das Motorrad in die Mitte der Garage. Dann holte er die Starterbatterie aus dem Heizraum im Keller und baute sie unter der vorderen Sitzbank ein. Er prüfte, ob irgendwelche Flecken auf Flüssigkeitsaustritte deuteten, schaute auf den Motorölstand, checkte die Reifenprofile und den Reifendruck. Dann schob er das Motorrad aus der Garage auf den Vorplatz. Im Herbst vor der Winterpause hatte er sein Bike sorgsam gewaschen und winterfest gemacht. Deshalb brauchte er es jetzt nur abspritzen und abledern. In der lauen Frühlingssonne ging das sehr leicht.

Nun kam der spannende Moment: das erste Starten des Motors nach der langen Winterpause. Wird alles in Ordnung sein? Wird er gleich anspringen? Doch das musste er jetzt hintanstellen. Wenn Eva zum Essen rief, war sie meist schon beim Anrichten und er wollte sie nicht lange auf ihn warten lassen.

Nach dem Essen verzichtete Peter auf die sonntägliche Mittagsruhe und ging gleich wieder vors Haus. Er steckte den Startschlüssel ein und drehte ihn. Die Armaturen leuchteten auf. Während der Boardcomputer seinen automatischen Funktionscheck durchlief, stellte Peter die Boarduhr ein. Das gelbe Licht des Checks war erloschen. Peter vergewisserte sich, dass der Leerlauf eingerastet war und drückte den Startknopf. Ein leises Summen ertönte. Dann tuckerte der Motor kurz und verstummte. Peter ließ sich nicht beunruhigen. Noch nicht. Er drückte nochmals den Startknopf und drehte leicht am Gasgriff. Jetzt sprang der Motor an und kam mit etwas Gas rasch auf Touren. Obwohl Peter die überlauten Bikes nicht leiden konnte, freute er sich jetzt über den hochdrehenden, bollernden Motor. Er nahm die Hand vom Gasgriff, die Drehzahl fiel auf den Leerlaufbetrieb zurück und der Motor blubberte freundlich vor sich hin. Eva sah aus dem Fenster. »Hast du gehört«, fragte Peter. »Er ist ohne Probleme angesprungen.« Er strahlte wie alle

Jungs, wenn sie ihr Spielzeug hatten. »Ja, fein«, erwiderte Eva und freute sich. Wenn es anders gewesen wäre, wäre Peters Laune sicher ins Negative gekippt.

Etwas später hatte Peter seinen Motorradanzug und die Stiefel angezogen und kam mit dem Helm und den Handschuhen in der Hand aus dem Haus. »Ich fahr eine kleine Proberunde«, erklärte er Eva, »und bin in einer Stunde zurück.« Er schwang sich auf den Sattel und rollte langsam die Straße entlang. Eva sah in der Ferne die Bremslichter mehrmals aufleuchten und wusste, dass er die Funktion der Bremsen testete. Eva schätzte seine Vorsicht und seine Sorgfalt. Sie wäre nie mitgefahren, wenn das anders gewesen wäre.

Für ein paar Tage später hatte Peter bereits einen Servicetermin bei seiner Motorradwerkstätte fixiert, wo das Jahresservice durchgeführt wurde und die vorgeschriebene technische Überprüfung Peter auch die notwendige Funktionssicherheit bestätigte. Peters ´Fünfte Jahreszeit´ hatte heute begonnen.

-9-

Auf dem Bildschirm rasten die Formel-Eins-Autos über die Rennstrecke. Aus Frankies Kopfhörer drangen die kreischenden Motoren und die angestrengte Stimme des Sportreporters durch. Er war völlig in die Aufzeichnung vertieft, als er am Rande seines Blickfeldes sein Handy aufleuchten sah. Am Display sah er, dass Andi anrief und drückte das grüne Symbol. Mit einem Klick fror das Rennen am Bildschirm ein.

»Hallo Frankie, was machst du gerade?«, fragte Andi.

»Hi, ich schau mir gerade die Aufzeichnung des letzten Rennens an. Was gibt es?«

»Hast du Lust am kommenden Wochenende was zu machen?«

»Weiß nicht, woran denkst du?«

»Wenn das Wetter gut ist, könnten wir zum Open Air-Konzert der ´Dschungel Band´ gehen.«

»Ich weiß nicht, sind die jetzt gut? Letztes Mal war es eher ein Scheiß.«

»Keine Ahnung. Hab seither auch nichts von ihnen gehört. Wir können es ja versuchen. Oder hast du einen anderen Vorschlag?«

»Hab ich mir noch nicht überlegt. Warten wir noch ab, ob sich was anderes ergibt. Sind ja noch ein paar Tage bis zum Wochenende und Tickets müssen wir auch nicht vorher kaufen, oder? Hast du Lust, vorbei zu kommen und ein paar Videos reinzuziehen?«

»Wann?«

»Heute oder morgen, wenn du Feierabend hast. Mutter kann uns was zu essen richten.«

»Klingt gut. Dann bis heute Abend.«

Andi und Frankie saßen schon seit über eine Stunde vor dem Bildschirm. Anfangs, während Frankies Mutter mit einigen Toasts hereinkam und später die leeren Teller holte, hatten sie einen Actionfilm flimmern lassen. Die leeren Bierflaschen ließ Frankies Mutter immer demonstrativ stehen. Als Mahnmal für die getrunkene Menge. Doch das war den alten Freunden egal. Exzessiv waren sie ohnehin nicht und der Abend war noch lang.

»Ich muss dir noch was Geiles zeigen«, sagte Frankie und scrollte am Bildschirm.

»Ich hab ein echt geiles Biker-Video gefunden.«

Sie hatten sich schon öfter Motorradvideos angesehen, die irgendwelche Leute online gestellt hatten. Klipps mit tollpatschigen Anfängern, mit Motorradbullen, die anlässlich eines Wettbewerbs ihr Können zwischen den Pylonen im Parcours zeigten oder Vergleichstests zwischen zwei neuen Motorradmodellen. Jetzt startete Frankie ein Video, das als Rennen zwischen einem Motorrad und einem getunten italienischen Sportwagen angekündigt wurde.

Das Motorrad fuhr eine Autobahn entlang. Die Kamera übertrug aus der Perspektive des Fahrers die Autos vor sich. Das Tempo war rasant. Der Fahrer, überholte links und auch rechts. Er schoss richtig zwischen den Autos durch.

»Das ist ein Wahnsinniger«, erklärte Frankie, aber seine Stimme klang eher bewundernd als kritisch.

Schweigend sahen sie zwei, drei Minuten zu. Der Motorradfahrer war jetzt fast alleine auf der Fahrbahn, als ein roter Sportwagen respektlos links am Biker vorbei zog.

»Wow, das ist ja ein irres Geschoß«, meinte Andi, »und welchen Speed der drauf hat.«

»Ja, aber nichts gegen das Bike«, erwiderte Frankie. »Warte mal.«

Das Motorrad war gegenüber dem Auto zurück gefallen. Der Sportwaren entfernte sich und schmolz zu einem roten Fleck auf dem grauen Asphalt.

»Da, jetzt schau«, kommentierte Frankie. »Jetzt dreht er auf.« Die weißen Mittelstreifen blinkten nur kurz auf. Die Landschaft am Bildschirmrand flog vorbei, nichts war mehr zu erkennen. Die Kamera schob sich näher an das Auto heran. Der rote Fleck wurde schnell größer, kam wieder näher.

Beide stierten auf den Bildschirm. Das Bike schob sich näher an den Sportwagen heran. Er blieb jedoch hinten, fuhr nur dichter auf.

»Was macht der denn da?«, fragte Andi. »Warum überholt er nicht? Kein Saft mehr?«

»Warte«, beruhigte Frankie, der schon wusste, was nun kommen würde. »Schau, er wartet auf die Reaktion des Autofahrers.«

»Und?«

Seit ein paar Sekunden war der Abstand zwischen dem Auto und dem Renneisen gleich gewesen. Jetzt schien der Autofahrer auf das Bike im Rückspiegel zu reagieren.

»Jetzt gibt er wieder Stoff!«

Es gelang dem Auto, den Abstand wieder zu vergrößern. Doch dann beschleunigte das Motorrad neuerlich und zog nach links.

»Jetzt! Jetzt zeigt er es ihm«, jubelte Andi.

Der Rote rückte am Bildschirm nach rechts. Die Kamera schob sich am Heck, an der Fahrertür vorbei. Der Rückspiegel des Autos erschien gefährlich nahe am Bike.

»Schau, was er jetzt macht«, kommentierte Frankie. »Er geht vom Gas.« Das Bike fuhr die gleiche Geschwindigkeit wie der Sportwaren, blieb auf gleicher Höhe. Ein paar Sekunden vergingen. Aus der Kameraperspektive konnten die beiden den Autofahrer nicht sehen.

»Er schaut sich den Fahrer an«, vermutete Frankie.

»Schaut so aus«, ergänzte Andi, »wäre geil, wenn es ein Girl wäre.« »Ich würde sie jetzt stehen lassen, aufdrehen und davon ziehen.«

»Zum Finale«, verkündete Frankie.

Das Motorrad beschleunigte rasant. Das Auto verschwand aus dem Blickwinkel. Eine Rechtskurve lag vor dem Bike. Die Kamera neigte sich in die Kurve. Eine Ausfahrt wurde angezeigt. Das Bike verringerte den Speed und fuhr in die Ausfahrt ein. Der Bildschirm wurde dunkel.

»Ist das nicht ist ein Wahnsinn«, murmelte Frankie. »Der ist ja gemeingefährlich.«

»Ach, hör auf. Ich find es total geil«, entgegnete Andi noch völlig aufgestachelt vom Klipp.

»Stell dir vor, wenn da einer der Autofahrer raus fährt. Oder auf die rechte Spur wechselt. Der schaut sicher nicht, ob er rechts überholt wird.«

»Quatsch, was du immer hast. No risk, no fun!« Doch Andi ahnte, dass er jetzt vorsichtig sein musste. Seine Euphorie bekam einen Dämpfer und er relativierte.

»Ja, du hast ja Recht, auf einer normalen Straße ist das saugefährlich. Da sollte man das nicht machen. Ich habe eher an eine Rennstrecke gedacht«, sagte er. Doch er dachte, dass er das Video ziemlich geil gefunden hatte und dass der Biker ein verdammt cooler Typ sein musste. Doch darüber konnte er mit Frankie nicht reden. Da würde dieser sofort auszucken. Schließlich wollte er seinen Freund nicht provozieren.

»Sag, wie hat dir gestern das Fußballmatch gefallen? Du hast es doch gesehen«, fragte er und lenkte vom kritischen Thema ab.

-10-

Wegen einer Veranstaltung in der Landeshauptstadt waren die Personalressourcen aller Polizeidienststellen in den letzten Tagen voll ausgeschöpft gewesen. Marko war nach den anstrengenden Diensten zu müde gewesen, um irgendetwas zu unternehmen. Jetzt war es endlich wieder etwas ruhiger. Doch jederzeit hätte was passieren können, das einen Polizeieinsatz erforderte.

Während eines Nachtdienstes hatte Marko Zeit, sich die Anzeigen der letzten Tage anzusehen. Neben den leider schon üblichen Einbrüchen, zwei Schlägereien mit Betrunkenen und einer Nachbarschaftsstreiterei wegen eines beschädigten Autos in der Tiefgarage, lagen ein paar Verkehrsdelikte vor. Er sah sie sich kurz durch. Es war nichts Interessantes dabei. Ihm fielen aber der Bikerunfall von der Turrach und auch der Hinweis von Fritz wieder ein und er wollte sich das Video nochmals ansehen. Die Suche in seiner Tasche war vergebens - sein privater Tablet lag zu Hause und vom Dienst-PC gab es keinen Zugriff auf das Worldwideweb. Das musste also warten.

Am nächsten Nachmittag hatte Marko dienstfrei. Draußen regnete es in Strömen. Das Wetter passt ja perfekt zum Video schauen, dachte er. Er machte sich einen Kaffee und setzte sich mit seinem Tablet an den

Tisch. Die Seite mit dem Crashvideo war noch im Webbrowser. Wieder ließ er es durchlaufen und versuchte Neues zu entdecken. Aber es fiel ihm nichts auf. So surfte er ein wenig herum und schaute sich noch andere Crashvideos an. Er fand auch sehr komische Filme darunter. Selbst ernannte Stuntmen, die vor laufender Kamera einen Wheelie versuchten und dabei einen ungewollten Salto schlugen. Ein Biker, dem beim Starten seiner Maschine die Flammen entgegen schlugen und ähnliches. Keine Unfälle mit Verletzungen, sondern kleine Pleiten, Pech und Pannen. Schadenfreude soll ja die schönste Freude sein, dachte er. Marko begann nach Videos zu suchen, die ähnliche Crashs wie auf der Turrach zeigten. Nach unzähligen solcher ein paar Minuten langen Spots stieß er schließlich auf drei, die eine ähnliche Kameraführung hatten und ebenfalls Stürze von Bikern zeigten, die von einem nachfolgenden Fahrzeug aufgenommen worden waren. Bei einem vierten war er sich nicht so sicher. Die Kameraführung war anders. Drei der Videos waren in der vorigen Saison hoch geladen worden. Das vierte war jedoch älter. Möglicherweise hatte Helli dieses gemeint, denn es war ein gelbes Kennzeichen zu sehen, jedoch so unscharf, dass er es nicht lesen konnte. Er kopierte sich die Links, um die Videos auch später rasch wieder zu finden. Dann begann er eines nach dem anderen zu analysieren.

Er verglich die Kameraführung vom Turrach-Video mit den anderen. Die Position des Aufnahmegeräts war bei den dreien aus dem Vorjahr gleich, beim vierten jedoch anders, die Kamera schien wesentlich höher montiert zu sein, vermutlich auf dem Lenker oder im Cockpit. Er erkannte, dass die am Bildrand erkennbaren Reifen- und Felgenausschnitte gleich waren, jedoch andere Reifen und Felgenprofile zeigten. Seine Gedanken glitten kurz zu seinem jährlichen Reifenwechsel ab. Als er sich wieder auf die Klipps konzentrierte, kam er aufgrund der Felgen zum Schluss, dass es sich um unterschiedliche Bikes handeln musste. Er begann die Sichtung der Szenen nochmals von vorne und suchte die Ausschnitte, in denen die Kennzeichen der verfolgten Bikes zu sehen waren. Er notierte sich diese auf einem Papierblock. Es war ein deutsches aus München, ein italienisches, eines aus Tirol und eben jenes mit dem gelben unlesbaren Kennzeichen, das auch nicht richtig dazu passte. Mit dem vom Turrach-Crash waren es also zwei österreichische. Was waren die Gemeinsamkeiten? Ratlos saß er eine Weile vor dem Bildschirm, als ihm plötzlich eine Idee kam.

Er nahm sein Smartphone und scrollte durch seine Kontaktliste. Bald stieß er auf Giuseppe Kofler, einen Carabinieri aus Bruneck in Südtirol, den er von einem gemeinsamen Sicherungseinsatz bei einer grenzüberschreitenden Radsportveranstaltung am Stallersattel kannte. Die beiden waren damals mit ihren Dienstmotorrädern unterwegs gewesen und waren zwischen den Veranstaltungsschwerpunkten ins Gespräch gekommen. Da sie beide nicht nur gerne Motorrad fuhren, sondern auch ihre Vorliebe fürs Bergsteigen und für Skitouren teilten, hatten sie sich angefreundet und waren in Kontakt geblieben. Einmal hatte Marko Giuseppe in seinem Heimatort im Ahrntal besucht und eine gemeinsame Skitour unternommen.

Jetzt überlegte Marko, ob Giuseppe ihm nicht helfen konnte. Da seine Recherchen keine offiziellen Ermittlungen waren, brauchte er informelle Amtshilfe. Er sah auf seiner Uhr, dass es noch nicht sehr spät am Abend war. Kurzerhand rief er ihn an und erzählte ihm von den Videos, seiner Suche nach Gemeinsamkeiten und dem Unfall mit dem Biker mit italienischem Kennzeichen. Giuseppe sollte versuchen herauszufinden, wo und wann dieser passiert war und ihm Informationen aus dem Unfallprotokoll zukommen lassen. Die Bereitschaft des italienischen Kollegen zur Unterstützung machte gute Laune und Marko suchte einen weiteren Kontakt, der ihm bei dem Kennzeichen aus Deutschland helfen konnte.

Leider hatte er selbst keinen solchen. Ihm fiel aber ein, dass ein Kollege aus dem Landespolizeikommando bei einer Spezialausbildung bei der deutschen

Polizei eingeladen gewesen war. Er schaute im Dienstplan nach, wann der Kollege wieder im Büro wäre. Schon in zwei Tagen waren sie zur gleichen Zeit im Dienst.

Marko ging mit zwei Kaffee aus dem Automaten zum Kollegen ins Büro. »Hallo Dieter, darf ich dich kurz stören«, begann Marko sein Gespräch. Dieter blickte von seinen Unterlagen auf und schien fast froh über die Unterbrechung zu sein. »Hallo Marko, lange nicht gesehen. Wie geht´s?« Nach ein paar Minuten Smalltalk kam Marko zur Sache und erzählte von den Videos, die er eher privat als dienstlich recherchierte. Bekräftigte aber seinen Verdacht, dass es hier ein Muster gab und bat Dieter um den Kontakt nach Bayern. Dieter nahm den Zettel mit dem deutschen Kennzeichen und versprach sein Möglichstes zu tun.

Bereits bei seinem nächsten Dienst fand Marko die Kopie eines Unfallberichts in seinem Postfach, die Dieter bei seinem letzten Dienst hineingelegt hatte. Der hatte seinen Kontakt ja super schnell erreichen können. Auf dem darauf geklebtem Post-It wünschte Dieter viel Erfolg und bat um Info, wenn es was Neues gäbe. Rasch überflog Marko das Unfallprotokoll der Polizei Berchtesgaden und erfuhr, dass das Opfer im Krankenhaus seinen schweren Verletzungen erlegen war. Es gab keine Hinweise auf Fremdverschulden. Der Verunglückte aus München war jedoch mit überhöhter Geschwindigkeit unterwegs gewesen und hatte auch eine grenzwertige Alkoholkonzentration im Blut. Wieder gab es keine brauchbaren Zeugenaussagen, da sich auch dieser Unfall am späteren Nachmittag zugetragen hatte, als es auf den Straßen schon ruhiger war. Der Unfallbericht brachte Marko nicht weiter.

Nach Dienstschluss nahm er seine Nachforschungen wieder auf und überlegte, was er noch tun könne, um heraus zu finden, ob es einen Zusammenhang zwischen den Unfällen gab. Er konnte sich nicht vorstellen, dass die Videos rein zufällig solche Ähnlichkeit aufwiesen.

Als er zwei Stunden später zu Bett ging, hatte er eine Liste der Videos erstellt, auf der er die erkennbaren Kennzeichen, die Unfallorte, sofern bekannt, die Uploadzeitpunkte, die Namen der Autoren und die Links zu den Videos aufgeschrieben hatte. Seine Gedanken suchten noch lange nach einer Verbindung zwischen den Unfällen, doch er fand keine. Er wurde in der Nacht zweimal munter und schrieb jedes Mal eine neue Frage auf seinen Notizblock.

-11-

An den folgenden Tagen war das Wetter schlecht und Frankie wollte mit dem Rollstuhl nicht raus. Er grub sich in seinem Zimmer ein und vertrieb sich die Zeit mit Fernsehen und Computerspielen. Zwischendurch zog er sich auf das Fitnessgerät, um während des Fernsehens die Übungen zu machen, die ihm der Physiotherapeut für den Oberkörper zusammengestellt hatte.

Häufig glitten seine Gedanken vom Bildschirm nach innen. Obwohl er wusste, dass ihn das Thema belasten würde und er es vermeiden wollte, juckte es ihn wieder. Er konnte es nicht lassen, suchte nach Bike-Videos. Sie zogen ihn förmlich an. Eine verdrängte Sehnsucht steckte in ihm. Er klickte einen Klipp an und sah ein paar Minuten zu. Der Stuntman fuhr in einem fort Wheelies, Slides und Stoppies. Frankie fand das bald fade. Er stoppte den Video-Klipp und suchte weiter. Bei einem weiteren blieb er hängen.

Es zeigte ein Rennen zwischen zwei Motorradfahrern. Von einer Geraden zu nächsten, unterbrochen von engen Spitzkehren jagten die Bikes dahin. Der Speed war extrem hoch. Frankie spürte die Erregung, sein Hals pulsierte. Nach einer Kurve erschien ein Kleinwagen vor dem vorderen Bike. Der Biker gab Gas, zog die Maschine hoch und überholte das Auto mit einem Wheelie. Die nächste Kurve, eine Haarnadel, lag voraus. Jetzt konnte Frankie am Bildschirmrand die Leitschienen, die sonst nur als verschwommene graue Streifen zu erahnen waren, klar sehen. Das ist wie eine Verfolgungsjagd, dachte Frankie, da der nachfolgende den vorderen nie überholte. Er fragte sich, ob die Szenen gestellt waren oder ob sich die beiden wirklich matchten. Er fing gerade an, das Video langweilig zu finden, als ein abrupter Crash des Führenden den Klipp beendete. Jetzt schoss Frankies Puls wieder hoch. Er hielt den Atem an. Hatte er richtig gesehen? Er schob ein paar Sekunden zurück und sah sich die Szene nochmals an. Tatsächlich! Voller Crash! Der Biker war vor einer Kurve viel zu schnell und prallte gegen die Begrenzung. So ein Wahnsinn, dachte sich Frankie. Sogar später, als er im Bett lag und an diese Bilder dachte, spürte er, wie der rasende Puls sich würgend um seinen Hals legte.

Frankie hatte eine unruhige Nacht. Er wälzte sich herum, zuckte im Schlaf. Mit einem kehligen Schrei schreckte er hoch. Sein T-Shirt klebte schweißnass auf den Schultern. Mit der Hand wischte er sich über den Nacken, wo die Feuchtigkeit sofort in Kälte umschlug. Der Albtraum war wieder da. Er ärgerte sich, dass er nicht widerstanden hatte und sich das Crashvideo angesehen hatte.

Sein Traum hatte mit den Bildern des Videos begonnen. Er sah den Biker mit dem Wheelie vor sich, als wäre er selbst der Verfolger. Im Traum glaubte er Andi in seiner blauweißen Bikerkombi zu erkennen. Dieser trieb sein Bike zum Topspeed. Doch er war Andi hinten drauf. Versuchte näher zu kommen. Wenn Andis Bremslichter rot wurden, blieb er länger am Gas. Schob sich an Andi ran. Als die lange Gerade kam, riss er an seinem Gasgriff, der Motor heulte auf und er schoss an Andi, der das Kurvenende verschlafen hatte, vorbei. Vollgas! Im Rückspiegel sah er das grelle Licht des Überholten aufblitzen, sah ihn näher kommen. Versuchte, den Abstand abzuschätzen. Dann der Knall, der Atem blieb ihm weg. Er schien zu fliegen, grelles Licht blitzte auf. Aus einer Vogelperspektive sah er unscharf sein am Boden liegendes Motorrad, um das Trümmer lagen und Leute standen. Dann war es dunkel. Er träumte, dass er sich nicht bewegen konnte. Er kämpfte dagegen an. Doch in der Finsternis konnte er sich nicht rühren, bis ihn ein Schrei aus dem Albtraum befreite.

Er hatte sich im Bett aufgesetzt. Der Albtraum war seit langem derselbe. Er konnte sich nicht an den Unfall erinnern. Erst nach Andis Erzählungen waren die Bilder zum Rennen entstanden.

Sie hatten viel Spaß gehabt. Hatten sich gegenseitig angefeuert. Bis er es übertrieben hatte und rausgeflogen war. Bei seinem Crash war auch Andi schwer gestürzt. Er war Frankie zu knapp aufgefahren, war fast an seinem Kennzeichen geklebt. Deshalb hatte er zu spät gesehen, dass ihnen ein Auto in der Kurve entgegen kam. Nach Andis Erzählung, schien er gar nicht reagiert zu haben. Er war direkt auf das graue Auto zugefahren, hatte es im Halbschatten scheinbar nicht gesehen. Im letzten Moment hatte er das Bike verrissen. Die Vollbremsung hatte das Vorderrad blockiert, es war weggerutscht, das Motorrad hatte das rechte Heck des Autos touchiert, war weggeschleudert worden, und über die Kurve hinausgeschoben. Das Bike war in den kniehohen Straßengraben geknickt, Frankie war durch die Luft geschleudert worden. Er war seitlich gegen einen Zaunpfahl geprallt und hart am ausgetrockneten Acker aufgeschlagen. Die Maschine hatte sich mehrere Male überschlagen und war mit dem Lenker auf Frankies Rücken geknallt. Andi hatte etwas früher gebremst. Sein Hinterrad war ausgebrochen. Das Motorrad war auf die rechte Seite gekippt und knapp neben Frankie in den Graben geschlittert, wo es liegen geblieben war. Andis rechtes Bein war unter die Maschine gekommen und zweimal gebrochen. Sein rechter Unterarm ebenfalls.

Frankie war erst nach ein paar Tagen aus der Bewusstlosigkeit erwacht. Er hatte keine Erinnerung an den Unfall gehabt. Wochenlang war er bewegungslos im Gips gelegen. Er hatte es hingenommen und gehofft, dass er bald alles überstanden hätte. Als die Brüche verheilt waren, waren mühsame Therapien gefolgt. Doch seine Beine waren gefühllos geblieben. Langsam hatte sich Verzweiflung in Frankies Gedanken ausgebreitet. Er hatte den Glauben verloren, dass er es jemals schaffen würde.

Nach Wochen hatten die Ärzte aufgegeben und ihm schonend beigebracht, dass er nie wieder laufen würde können. Die Endgültigkeit der Nachricht hatte ihn schockiert, ihm die Hoffnung geraubt. Es war eine lange Zeit der Resignation gefolgt. Sein Missmut war trotz ihres tapferen Widerstands auch auf seine Eltern übergeschwappt.

Nur Andi hatte durchgehalten, ihn im Spital besucht. Anfangs noch mit dem Gips auf Arm und Bein. Später hatte er am Bett gesessen oder ihn im Rollstuhl zu den Bewegungsübungen geschoben. Immer wieder hatte er versucht, Frankie aufzuheitern. Davon geschwärmt, was sie gemeinsam anstellen würden.

Erst auf Frankies drängende Fragen hatte ihm Andi vom Unfall erzählt. Mehrmals hatte er verlangt, dass ihm sein Freund alles ganz genau erzählte.

»Ich verstehe nicht, wie ich das Auto übersehen konnte«, hatte Frankie gesagt, nachdem er Andis Eindrücke das erste Mal gehört hatte.

»Das Auto hatte so ein komisches Grau, fuhr ohne Licht und kam aus dem Halbschatten«, hatte Andi zu erklären versucht.

»Aber du hast es ja auch gesehen.«

»Wohl eher geahnt. Da hat was aufgeblitzt, knapp vor dir.«

»Ich erinnere mich wieder, dass ich dein Licht im Rückspiegel sah.«

»Vielleicht ein kleines Blackout, eine kurze Unachtsamkeit. Und dann das graue Auto ohne Licht, es war wirklich nicht zu sehen«, hatte Andi versucht, Frankie zu beruhigen. Und dennoch hatte er genau gewusst, was sein Freund eigentlich meinte: Dass Frankie zu sehr auf ihn konzentriert gewesen war, und darauf, ob er ihn vor der Kurve kriegen würde.

Ja, Frankie hatte sofort begriffen, dass diese kleine Unachtsamkeit, dieser Augenblick der Ablenkung, der vielleicht nur eine hundertstel Sekunde gedauert hatte, sein Leben für immer in andere Bahnen gelenkt hatte.

Trotz mehrerer Versuche, den Unfallhergang und die Ursache genauer zu rekonstruieren, hatte er keine Klarheit erringen können. Frankie hatte das akzeptieren müssen.

Von da an hatten beide das Motorradthema vermieden und lange totgeschwiegen.

-12-

Peter hatte seit zwei Wochen auf günstiges Wetter gewartet, um endlich wieder einmal eine Tour fahren zu können. Immer wieder hatte er hoffnungsvoll die Wetterprognose studiert, aber eine Schlechtwetterfront über dem Alpenraum hatte ihm die Lust aufs Biken vermiest. Doch jetzt war die Wettervorschau optimal. Er hatte sich am Donnerstagnachmittag von Eva verabschiedet und war nun schon den zweiten Tag ´on the road´.

Unterwegs dachte er an die Touren, die er in bereits unternommen hatte. Weil einige der schönsten Alpenpässe noch Wintersperre hatten, war er mit Eva einmal in der frühsommerlichen Toskana gewesen. Da Eva es nicht mochte, den ganzen Tag nur am Bock, wie sie sein Motorrad nannte, zu sitzen, nutzten sie diese gemeinsamen Touren auch, um sich etwas anzusehen. Sie waren über den Passo di Cerreto an die Riviera della Versillia gefahren. Dort lagen Pietrasanta und Lucca am Weg.

Ihr Hotel hatte außerhalb der mittelalterlichen Stadtmauer gelegen. Peter trank grundsätzlich keinen Tropfen Alkohol, wenn er mit seinem Bike fuhr. Da er sich aber die Gelegenheit zu einem Glas Wein der heimischen Trebbiano Toscano-Rebe nicht entgehen lassen wollte, waren sie zu Fuß marschiert, um in

Lucca´s historischer Altstadt einen netten Abend bei einem guten italienischen Essen und einer Flasche Trebbiano di Lucca zu verbringen.

»Hast du das mit den beiden Motorradfahrern an der Mautstelle mitbekommen?«, hatte er Eva gefragt, während sie auf das Essen warteten.

»Was meinst du?«

»Na, wir sind nach Viareggio zur Autobahn aufgefahren, um das kurze Verbindungsstück nach Lucca zu nützen. Bei der Abfahrt nach Lucca haben uns zwei Motorräder mit italienischen Nummerntafeln überholt. Ich hab mir noch gedacht, dass die ordentlich am Drücken sind. Also, wir rollen hinter den beiden zur Mautstelle, du klaubst die Münzen heraus. Vorne stehen die Biker dicht hintereinander. Der erste steckt seinen Mautstreifen in den Automaten und wirft die Münzen für sich ein. Als der Schranken hochgeht und der erste durchfährt, gibt auch der zweite voll Gas und zischt ohne zu zahlen hinter her. Motorradmaut auf Italienisch, sozusagen.«

»Das gibt es ja nicht«, hatte Eva gestaunt und gelacht: »Da ist mir ja was entgangen, bei der nächsten Maut muss ich darauf achten.«

»Mich würde interessieren, ob die beiden ein hübsches Erinnerungsfoto bekommen?«, hatte Peter gefragt. »Aber erstens ist nur der zweite ein Mautpreller, der erste hat ja gezahlt und zweitens habe ich nur vorne Kameras gesehen, und die Motorräder haben ja nur hinten ein Kennzeichen.«

»Ich glaube nicht«, hatte Eva gemeint. »Wegen der zwei Euro, mehr hab ich für uns nicht eingeworfen, zahlt es sich ja kaum aus. Es sei denn, sie wären schon hunderte Kilometer auf der Autobahn unterwegs gewesen.«

Das Essen war serviert worden. Nirgendwo hatten Gnocchi Pesto Genovese, die Eva so liebte, so gut geschmeckt wie in der Toskana, wo es um diese Jahreszeit bereits die frischen Kräuter in den Gärten gab. Peter hatte Tonno briaco, ein typisch toskanisches Thunfischgericht, genossen.

»Ja, das war sehr gut!«, hatte Eva ihre Speise gelobt.

»Mein Tonno auch«, hatte Peter erwidert und einen Schluck Wein genommen.

»Das italienische Essen hat schon was. Weißt du noch, wie wir damals fast siebzig Kilometer Umweg gefahren sind, nur weil Heini und Wolfi unbedingt die speziellen ´Trippa alla romana´ in ihrer Lieblingstrattoria in Friuli essen wollten. Aber das mochte ich dann doch nicht. Da esse ich lieber meine Gnocchi.«

»Ja, oder Charly. Wegen dem musste ich mal bis in die Finsternis über einen Pass fahren, nur weil er meinte, dort gäbe es die besten Steaks. Ich habe dann eine Dorade gegessen und gut geschlafen. Charly hat sich nach dem Riesensteak vermutlich die ganze Nacht gewälzt. Jedenfalls hat er beim Frühstück nicht so zugelangt, wie sonst«, hatte Peter gelacht. »Jetzt wird mir der Spaziergang gut tun«, erinnerte er an den Rückmarsch zum Hotel. »Brauchen wir noch Wasser?«

Am nächsten Tag hatten Eva und Peter Pistoia besichtigt und waren tags darauf über den Collina di Porretta wieder Richtung Norden gefahren.

Dieses Mal war Peter solo unterwegs. Er wollte in den Dolomiten und am Gardasee ein bisschen intensiver Biken. Da er gerne die Morgenstimmung in den Bergen genoss, war er zeitig in Sillian, wo er genächtigt hatte, aufgebrochen. Mittlerweile hatte er einen langen und kurvenreichen Tag in den Dolomiten verbracht. Das Wetter war ideal zum Motorradfahren gewesen. Nur am frühen Vormittag waren die Frühnebel noch um die Bergspitzen gehangen. Gegen Mittag war der Himmel aber tiefblau. Er war am Nachmittag noch den Dolomitenklassiker gefahren: über den Falzarego und den Campolongo nach Corvara, wo er sich einen Cappuccino gönnte, dann übers Grödner Joch, das Sella Joch und den Passo Pordoi nach Arabba. Da es noch nicht sehr spät war, fuhr er die wunderbare Bikestrecke zurück nach Canazei, wo er nächtigen wollte.

Obwohl er jedes Jahr ein- bis zweimal in die Dolomiten kam, suchte er immer wieder andere Quartiere, um Neues kennen zu lernen. Er recherchierte zwar auch oft auf den Buchungsplattformen im Internet, letztlich wollte er aber das Zimmer und die Lage selber sehen. Auf die dort üblichen fragwürdigen Bewertungen legte er auch keinen Wert. Außerdem hatten Vorausbuchungen für Peter den Nachteil, dass er dann schon fixiert war. Gerade die Flexibilität war ihm beim Motorradfahren aber wichtig. Wenn das Wetter umschlug, ihm der Regen von einem Pass entgegen kam, wollte er einfach die Möglichkeit haben, in eine andere Richtung zu fahren. Im Gegensatz zu seinen früheren Geschäftsreisen, wo er möglichst rasch zu einem Ziel kommen musste, war hier doch vielmehr das genussvolle Cruisen angesagt und der Weg das Ziel.

In dem Hotel, bei dem er zuerst gefragt hatte, war ihm das angebotene Zimmer mit Halbpension etwas zu teuer. Da würde er sicher noch etwas Günstigeres finden. Das Abendmenü, welches im Zimmerpreis enthalten war, klang zwar verlockend, er wollte aber nicht so viel essen, weil er dann meist schlecht schlief.

Wenig später verließ er sein Zimmer in einem netten Bed and Breakfast in einer ruhigen Seitenstraße, um in der Pizzeria nebenan noch etwas zu essen. Während er auf seine Spaghetti mit Basilikumpesto und Parmigiano wartete, studierte er die Straßenkarte und überlegte, welche Route er am nächsten Tag fahren wollte. Er kannte sich in der Gegend gut aus, wollte aber noch entscheiden, ob er das schöne Zimmer für zwei Nächtigungen nehmen sollte oder ob er am nächsten Abend irgendwo anders sein würde. Während er die Karte studierte, kamen Erinnerungen hoch.

Bilder über Straßen, besondere Aussichten, der Rollepass und der smaragdgrüne Karersee, an dem er jedes Mal sein Motorrad in der Bushaltebucht abstellte, um zum See hinunter zu gehen und die Farbe und die Stille zu genießen, tauchten auf, während er auf der Karte dem Straßenverlauf folgte. Peter hatte erst mit fast vierzig zum Biken angefangen und war seither jede Saison auf den Alpenpässen und den umliegenden Ländern unterwegs. Ein Rennfahrer war er nie gewesen. Im Gegenteil: das Bewusstsein, was alles passieren konnte, hatte ihn vorsichtig gemacht. Nicht nur, dass er schon einige Unfälle gesehen hatte, auch selbst stellte er sich oft vor, was passieren würde, wenn er zu schnell an war oder er sah sich bei einem unvorsichtigen Überholmanöver schon auf dem entgegenkommenden Auto kleben. Dies galt nicht nur, wenn seine Frau Eva auf dem Sozius mitfuhr, sondern auch, wenn er alleine unterwegs war. So versuchte er stets eine saubere Linie zu fahren und genoss dabei die Aussicht auf die tollen Landschaften.

Peter hatte gut geschlafen und saß nun bei einem reichlich gedeckten Frühstückstisch. Er hatte am Morgen entschieden weiter zu ziehen und bereits die Seitenkoffer auf das Motorrad geschnallt. Wenig später fuhr er das Tal einwärts Richtung Rollepass, als nach der Ortsausfahrt zwei Racer mit heulenden Motoren an ihm vorbei schossen. Na, die geben sich´s ja ordentlich, dachte er. Einige Kilometer weiter war der Straßenbelag stellenweise feucht. Als er aus einer Spitzkehre tuckerte, sah er auch schon die beiden Racer am Straßenrand stehen. Ein Motorrad lag am Boden. Da der Fahrer daneben stand, schien nicht viel passiert zu sein. Einfach zu schnell gewesen, dachte Peter. Blieb kurz stehen und fragte, ob sie Hilfe bräuchten. Doch die beiden kamen alleine klar. Ein paar Kratzer hatte die Kunststoffverkleidung des Bikes sicher abbekommen. Herumliegende Teile hatte Peter aber keine gesehen.

Nach einer kurzen Pause auf der Passhöhe, um die Aussicht auf den über dreitausend Meter hohen Cimon della Pala zu genießen, fuhr er die ersten Serpentinen Richtung Süden. Ein Biker in der typischen Rennfahrerhaltung näherte sich von hinten an. Versuchte zu drängeln und fuhr Peter unangenehm knapp auf. Peter beschleunigte etwas, um die Kurve freizugeben, ließ sich aber nicht aus der Ruhe bringen und fuhr konsequent seine Linie. Obwohl genug Platz war, wurde er aber nicht überholt. Der Racer wollte ihn offenbar zu einem Wettrennen herausfordern, vielleicht sogar zwingen. Immer wieder fuhr er knapp auf und ließ den Motor provokant aufheulen. Peter blinkte rechts und rollte in eine kleine Ausweichbucht. Noch bevor er genauer hinsehen konnte, was das für ein Spinner war, war dieser in der nächsten Tornante verschwunden. Peter hatte nur etwas am Bike orange leuchten sehen und wahrgenommen, dass der Fahrer eine dunkle Lederkombi mit orangen Einsätzen trug.

Er versuchte selbst stets, niemanden unter Druck zu setzten und hasste es, wenn solche Typen es nicht lassen konnten. Er nahm einen Schluck aus seiner Wasserflasche, bevor er wieder losfuhr. Er konnte nicht ahnen, dass er gerade einem - vielleicht tödlichen - Duell entkommen war.

Ein paar Kehren und ein paar Minuten später tuckerte er ruhig durch die kleine Wintersportortschaft San Martino, die in der Sommersonne döste. Er stellte sich vor, welchen Trubel es hier im Winter gab. Jetzt sah er geschlossene Geschäftspassagen und Restaurants. Nur vereinzelt standen Autos von Urlaubsgästen vor Hotels mit offen stehenden Portalen. Peter stellte sich vor, dass es hier im Winter vor lauter Skifahrern und Apres-Ski-Launigen kaum möglich wäre durch den Ort zu fahren.

Auf der langen, abfallenden Strecke hinunter ins Tal legte er an Geschwindigkeit zu und ließ den

Fahrtwind durch das leicht geöffnete Visier streichen. Ein Stück weiter vorne sah er einen mit Baumaterial beladenen Lastwagen herauf kriechen, als plötzlich eine Bewegung rechts von ihm seine Aufmerksamkeit erregte. Aus den Augenwinkeln nahm er einen Biker wahr, der vom rechts gelegenen Parkplatz auf die Fahrbahn zu fuhr. Entgegen seiner Erwartung verringerte dieser sein Tempo am Fahrbahnrand jedoch nicht, sondern beschleunigte. Peter verriss sein Motorrad und geriet auf die Gegenfahrbahn.

-13-

Seine Mutter war wenig begeistert, als sie bemerkte, dass ihr Franzi wieder angefangen hatte, Motorsportevents im TV zu verfolgen

»Schaust du dir schon wieder das Zeug an«, jammerte sie. »Das hat dich ins Unglück gestürzt.«

»Ja, schaue ich. Wenn ich einen Kriegsfilm oder einen Krimi ansehe, werde ich auch nicht gleich zum Mörder«, erwiderte Frankie sarkastisch.

»Aber es gibt doch so viele andere Filme. Schöne Natur-Doku´s oder sowas. Magst du nicht sowas ansehen?«

»Ja, das mach ich auch. Aber ich möchte auch das sehen. Und Motorsport ist auch Sport!«

»Du könntest auch was lesen, wir haben so schöne Bücher.«

»Nein, deine Liebesschnulzen lese ich sicher nicht.« Sein Ton war eine kleine Spur energischer geworden.

»Wir haben ja auch einige gute Krimis.«

»Die sehe ich mir lieber als Film an. Und jetzt lass mich einfach in Ruhe fernsehen.«

Seine Mutter fürchtete, dass er aggressiv werden würde und wandte sich zur Zimmertür.

»Ich meine es ja nur gut mit dir«, murmelte sie, als sie die Tür hinter sich zuzog. Es zerriss ihr fast das Herz, wenn sie ihn so sah. Die Gewissheit, dass er für immer an dieses Ding gefesselt sein würde, drückte ihr wie ein Felsbrocken auf das Gemüt. Aber am schlimmsten war für sie ihre Hilflosigkeit ihm gegenüber.

Um solche Diskussionen zu vermeiden, schaltete Frankie von da an auf andere Kanäle, wenn seine Mutter ins Zimmer kam. Er wollte ihr Leid nicht noch verstärken.

-14-

Am frühen Nachmittag rief Helli Marko an.

»Hallo Helli, was gibt´s?«, begrüßte Marko seinen alten Schulfreund und Mountainbikekollegen.

»Hi, hast du zufällig die letzte Ausgabe des Mountainbikemagazins gelesen?«, fragte er. Ohne auf die Antwort zu warten, setzte er fort, »dort wird berichtet, dass es heuer bereits zwei Attacken von Motorradfahrern auf Radfahrer gegeben hat. Hast du Zeit, ich lese dir den Artikel vor.«

»Ok! Ich hab sowieso grade Mittagspause.«

»Also«, begann Helli, »auf der Abfahrt vom Passo di Giau nahe Cortina d´Ampezzo wurde ein Radfahrer von einem vorbei fahrenden Motorradfahrer getreten und kam dabei zu Sturz. Er prallte mit dem Oberkörper gegen die Begrenzungsmauer und fiel zum Glück nicht über diese in den mehrere Meter tiefen Abgrund. Der Radfahrer erlitt eine Gehirnerschütterung, Serienrippenbrüche, einen Bruch des linken Handgelenks, sowie zahlreiche Hautabschürfungen. Er wurde ins Krankenhaus Cortina eingeliefert. Der Schwerverletzte konnte der Polizei nur mitteilen, dass ihm aufgefallen war, dass der Biker ihn schon auf dem geraden Straßenstück vor der Kehre nicht überholt hatte, sondern hinter ihm geblieben war. Der Motorradfahrer beging Fahrerflucht und konnte unerkannt entkommen. Ein Autofahrer, der Zeuge der Attacke geworden war, konnte keine Angaben zum Kennzeichen machen und hat das Motorrad als Straßenmaschine bezeichnet. Der Fahrer war dunkel gekleidet und hatte einen dunklen Helm auf«, las Helli.

Als er eine kurze Pause zum Luft holen machte, unterbrach ihn Marko und fragte, ob er ihm den Artikel mailen könnte.

»Ja klar, aber warte. Hier steht noch, dass dies heuer schon die zweite ähnliche Attacke war und die Carabinieri von der Möglichkeit ausgehen, dass es sich um denselben Täter handelt. Ich scanne den Artikel und mail ihn dir, sobald ich kann. Schon ein Wahnsinn oder?«, schloss Helli. »Hast du das schon einmal gehört? Und keiner kann ihn identifizieren. Was macht ihr Polizisten in so einem Fall?«

Marko erklärte, dass sie beinahe chancenlos waren, den oder die Täter jemals zu erwischen, wenn es keine weiteren Hinweise oder Zeugen gab.

»Bei unserer nächsten Radtour passe ich gut auf dich auf«, scherzte er. »Im Ernst, da kannst du nicht genug aufpassen, was hinter und vor dir passiert. Zu zweit und zu dritt geht das eh leicht. Aber bei uns ist mir kein derartiger Vorfall bekannt. Allerdings beschäftigen mich die Bike-Unfälle, du erinnerst dich? Mir scheint, das hat ein bestimmtes Muster. Nur bin ich noch nicht dahinter gekommen, ob und in welchem Zusammenhang die stehen.« Die beiden Freunde diskutierten die Fakten, die Marko benennen konnte, kamen aber auch nicht weiter. Sie rätselten, ob die böswillig verursachten Stürze der Radfahrer auch dazugehörten oder ob das eine ganz andere Geschichte sei. Helli versprach, sich bei Gelegenheit die Videos anzusehen und sich zu melden, wenn er was entdecken würde.

-15-

Er hatte die Kamera bereits bei seiner letzten Pinkelpause in einer Walddurchfahrt aus der Halterung an der Vordergabel gezogen. Jetzt kippte er sein Motorrad vor dem Café mit der Free-WLAN-Werbung auf den Seitenständer Er zog die Handschuhe von den Fingern und stopfte sie in den abgenommenen Helm.

»Hallo, ich hätte gerne einen Latte Macchiato«, sagte er zum Kellner, nachdem die Tür hinter ihm zugegangen war. »Und wie funktioniert das mit dem Internetzugang?«

»Ganz einfach, Username und Passwort stehen hinten auf der Speisekarte auf jedem Tisch«.

»Ich bräuchte auch einen PC oder sowas.«

»Ja, der steht hinten im Extrazimmer.«

»Würden Sie mir den Latte dann dort hinbringen, danke!«

Er durchschritt den Raum, vorbei an der Kühlvitrine mit den Mehlspeisen und Tortenstücken. Er blieb stehen, schaute kurz über die ausgestellten Süßigkeiten und deutete auf ein Tortenstück mit Erdbeeren oben drauf. »So was nehme ich bitte dazu, Erdbeertorte«, sagte er nach vorne zum Kellner.«

»Geht klar.«

Er stellte den Helm auf den Tisch neben dem PC und hängte die Lederjacke über die Sessellehne. Ein paar Sekunden nach dem Antippen der Tastatur erschien das Browserfenster am Bildschirm. Etwas alt die Kiste, dachte er. Aber wird schon gehen. Einen USB-Anschluss fand er auf der Rückseite des veralteten Desktop-PC. Er surfte ein wenig herum und wartete auf seinen Kaffee. Als der Kellner wieder ging, zog er die Kamera und ein USB-Kabel aus der Jackentasche. Dann rief er die Uploadseite auf. Während der Videoklipp hochgeladen wurde, blendete er ein Fenster mit einer News-Seite ein. Der Kaffee schmeckte angenehm milchig. Die Erdbeeren auf der Torte waren richtig süß, wie er es mochte. Als der Upload fertig gemeldet wurde, nahm er den letzten Schluck Kaffee aus dem Latte Macchiato-Glas.

-16-

Marko hatte sich einen Alert für neue Videos zum Thema Bike und Crash eingerichtet. Dieser hatte jetzt einen neuen Upload angezeigt. Er klickte auf den Link und sah sich den neuen Stream an. Er zeigte die Ausfahrt vom Parkplatz, wie das Kamerabike auf die Reiseenduro zurollte und wie dessen Fahrer das Motorrad verriss, auf die Gegenfahrbahn geriet und gegen einen LKW prallte. Das Video endete, als das Kamerabike am Ende des LKW vorbei rollte.

Marko war geschockt. Er spürte, dass sein Blutdruck hochgegangen war. Scheiße, dachte er, schon wieder ein Crash. Als er sich beruhigt hatte, sah er sich die Sequenz nochmals an und versuchte, das Kennzeichen des Unfallopfers zu erkennen. Leider war das wegen des seitlichen Aufnahmewinkels nicht möglich. Er checkte die Uploadzeit und notierte sich den Link, Datum und Uhrzeit. Er hatte noch keine Ahnung, wo sich das Drama abgespielt hatte und wann. Er erkannte jedoch die Kameraeinstellung und wusste, dass sich das keine vier Stunden zuvor ereignet haben musste. Gleich darauf schrieb er ein Mail an seine beiden Kollegen in Südtirol und Bayern und fragte an, ob sie etwas von einer Motorradkollision mit einem Lastwagen gehört hätten.

In den folgenden Tagen hatte Marko wegen der Außendienste keine Zeit sich mit seinen Recherchen zu beschäftigen. Nachdem er im Büro seinen überfälligen Schreibkram aufgearbeitet hatte, nahm er seine Liste zur Hand und überlegte. Kurzerhand rief er in der Abteilung für Internetkriminalität an und verlangte jemanden zu sprechen, der sich mit Videos beschäftigte. Er wurde mit einer IT-Expertin verbunden, die sich eigentlich auf Kinderpornographie spezialisiert hatte. Marko informierte sie kurz über die Videos und fragte sie, ob es möglich wäre, heraus zu finden, von wo die Videos hochgeladen wurden. Die Expertin erklärte ihm ein paar technische Details, die er aber nicht so genau verstand. Er wollte sich ja auch nicht selbst damit befassen.

»Können Sie sich das bitte mal ansehen und prüfen, ob diese Videos immer vom gleichen PC hochgeladen wurden?«, fragte Marko. Er solle ihr einfach mal die Links auf die Filme senden, sagte die Expertin und nannte ihre Mail-Adresse. Sie würde sich dann melden. Marko dankte ihr im Voraus und wandte sich seiner Liste zu.

Er las die Namen der Autoren, die die Videos hochgeladen hatten und schrieb diese nochmals auf einem Notizblock untereinander:

- Angelo Vendicatore
- Cacciatore A. V.
- Avendi C. Atore und

- Vendic[acci]atore

Sonderbar, dachte er sich. Irgendwie ähnlich und doch völlig verschieden. Nur Cacciatore kam ihm bekannt vor. Er kannte von seinen Touren in Italien das Schild »Vietato cacciare«, das für »Jagen verboten« stand. Wie wenn bei uns »Pilze sammeln verboten« oder »Radfahren verboten« steht, dachte er und seine Gedanken flossen dahin. Er dachte an das Hinweisschild und grübelte über den Zusammenhang. Vielleicht hieß der Typ tatsächlich Jäger. Der Name Jäger war ja auch im Deutschen sehr gebräuchlich. Aber die anderen Namen? Er kam nicht weiter. Er war müde und fühlte sich ausgelaugt. Dann fiel ihm seine Schwester ein. Er startete sein Mailprogramm und sandte eine Nachricht an seine Schwester Kathi, die inzwischen wieder in Valencia war, um das Auslandssemester für ihr Romanistikstudium fortzusetzen, und verabredete sich für den nächsten freien Abend zu einer Session über Skype. Im Mail schrieb er die Namensliste hinein und bat sie, zu checken, ob ihr etwas auffiele.

Seine Gedanken glitten zu Kathi ab. Seine kleine Schwester. Er schmunzelte, wenn er dran dachte, wie sie ihn, ihren großen Bruder, immer angehimmelt hatte. Jetzt war sie in Valencia und würde bald ihr Studium abschließen. Ihre Eltern fürchteten, sie könnte in Spanien hängen bleiben. Wo sie doch ein Faible für alles Mediterrane hatte. Wie sie immer von den netten Leuten, die alles so leicht nahmen, schwärmte, von der spanischen Küche und vor allem dem angenehmen Klima. Und Valencia, eine Traumstadt mit dem Strand vor der Haustür. Doch nein, Marko glaubte nicht, dass sie dort hängen bleiben würde. Schließlich hatte sie vom italienischen Bari genauso geschwärmt, als sie dort ein Semester verbracht hatte.

Er hatte sie ein paar Tage vor Ostern in Valencia besucht. Während zu Hause im Dorf auf der Schattenseite noch der Schnee gelegen war, war es in Valencia längst Frühling gewesen. Das Erste, was er wahrgenommen hatte, als er aus dem Flugzeug gestiegen war, war die warme, nach Blumen und Blüten duftende Luft gewesen.

»Du kannst bei uns in der Studenten-WG wohnen«, hatte sich Kathi gefreut. »in Jorges Zimmer. Der ist schon nach Hause gefahren, um in seiner andalusischen Heimatstadt bei den Vorbereitungen für die Feierlichkeiten zur ´Semana Santa´ zu helfen. Die feiern Ostern ganz anders als bei uns«, hatte sie begeistert erzählt, während sie mit dem Bus in die Innenstadt gefahren waren. »Da werden die Heiligen aus der Kirche von den Gläubigen durch die Städte getragen. Dazu tragen die Leute so spezielle Büßerkleider. Mit den hohen Kapuzen mit den Schlitzen für die Augen sehen sie fast aus wie vom Ku Klux Klan. Während der ganzen Karwoche gibt es laufend irgendwelche Prozessionen. Jorge hat mir erzählt, dass die Straßen gesperrt werden und hunderte, vielleicht tausende Sessel für die Zuseher aufgestellt werden. Und dazu gibt es natürlich jede Menge kulinarische Spezialitäten und Getränke.«

Der Bus hatte sie an der Kathedrale vorbei durch die Innenstadt geschaukelt, wo die Wohnung der Studenten gelegen war.

Abends hatte Kathi ihrem großen Bruder das Studentenleben in Valencia nahe bringen wollen und so waren sie mit ihren Mitbewohnern durch die Altstadt gezogen.

»Ich habe schon ziemlichen Hunger«, hatte Marko gegen einundzwanzig Uhr gejammert.

»Ah, da musst du dich noch gedulden«, hatte Kathi erklärt, »die Spanier gehen nicht vor zehn Uhr zum Abendessen. Bis dahin gibt es Sangria und Tapas beim Aperitivo. Wirst schon sehen.«

Marko hatte ein Sightseeing der besonderen Art erlebt. Sie waren über die nahe Plaza de la Virgen von Tapasbar zu Tapasbar, vorbei an den nächtlich beleuchteten Torres des Serranos, zum Lonja de la Seda und an der Kathedrale vorbei, wieder zurück gezogen. Mit unzähligen kleinen Tapas-Häppchen, die von mehreren Gläsern verschiedenster Sangrias begleitet worden waren, hatte Marko seinen Hunger gestillt und den Überblick verloren. Als er erschöpft ins Bett gefallen war, hatte er natürlich ausschließlich der langen Anreise die Schuld an seiner Müdigkeit gegeben.

Am nächsten Tag, als ihn Kathi freudig zum trocken gelegten Flussbett des Turia in die Ciudad de las Artes y de las Ciencias geschleppt hatte, hatten die von den Glasfronten moderner Architektur reflektierten Sonnenstrahlen seinen Kopf wie Blitze durchzuckt. Langsam, ganz langsam hatte er sich an das morgendliche Licht gewöhnt. Es war ihm trotz der Sonnenbrille unglaublich intensiv erschienen.

In den gläsernen Tunnel des Oceanogràfic war es dagegen angenehm dämmrig gewesen. Die über ihnen schwebenden Haie und Rochen hatten Kathi und ihn beeindruckt. Ein Taucher war in ein Aquarium gestiegen, um eine kranke Muräne zu füttern. Die für seinen Geschmack unappetitlich aussehenden Futterbrocken hatten ihn an seinen überstrapazierten Magen erinnert, der sich auch gleich rumorend gemeldet hatte.

Am folgenden Tag waren sie durch den modernen Yachthafen flaniert und hatten die schnittigen Segelboote bewundert, die für eine Hochseeregatta aufpoliert worden waren. Besonders cool hatte es Marko gefunden, mit der Straßenbahn vom Zentrum direkt an den Strand fahren zu können. Valenica hatte ihm sehr gut gefallen und er hatte die Begeisterung seines Schwesterleins verstehen können.

Ein kaum hörbares Piepsen riss Marko aus seinen spanischen Erinnerungen. Sein Blick fiel auf die Inbox und er sah, dass er in der Zwischenzeit eine Nachricht von der Internetexpertin erhalten hatte. Sie schrieb, dass die Videos sicher nicht von einem bestimmten PC oder Ort hochgeladen worden seien. Bei zwei der Filme hatte sie die IP-Daten von Internetcafés identifizieren können. Die anderen waren nicht zuordenbar. Marko war enttäuscht, dass sich die Hoffnung auf eine Spur verflüchtigt hatte. Gedankenverloren klickte er den Reply-Button und dankte ihr für die rasche Info.

-17-

Erst zwei Tage später meldete sich Giuseppe von den Carabinieri in Bruneck und erzählte ihm, dass es im Trentino, auf dem Passo di Rolle tatsächlich einen solchen Unfall gegeben hätte. Da der Unfallbericht in Italienisch war, bot er Marko an, ihm das Wesentliche gleich am Telefon zu übersetzen. Der geschockte Lastwagenfahrer hatte zu Protokoll gegeben, dass er die beiden Motorräder gesehen und beobachtet hatte, wie der zweite vom Parkplatz auf den ersten zugefahren war und dieser sein Motorrad verreißen musste. Der Unfallverlauf stimmte mit dem Video überein. Wieder war alles so schnell gegangen, dass die Zeugen kaum etwas gesehen hatten. Der Fahrer des Lastwagens glaubte eine schwarze Maschine mit einem dunkel gekleideten Fahrer erkannt zu haben. Einer der beiden Insassen des dahinter nachkommenden Personenwagens hatte angegeben, dass das davon fahrende Motorrad einen orangen Tank gehabt hätte. Der zweite hatte sich noch umdrehen können und wollte ein weißes Kennzeichen aus Deutschland mit den Anfangsbuchstaben BB, BD oder PB erkannt haben.

Nach dem Gespräch saß Marko grübelnd über seinen Notizen. Er hoffte, dass er alles richtig verstanden hatte. Aber das konnte er ja nochmals checken, wenn ihm der Kollege das Unfallprotokoll gemailt hatte. Er recherchierte im Internet für welche Orte oder Landkreise die genannten Buchstaben standen. Das BD war für den deutschen Bundestag reserviert und er schloss aus, dass dieser ein solches Motorrad betrieb. Die Buchstaben BB und PB standen für Böblingen und Paderborn. Ihm wurde klar, dass es dort rund zehntausend Motorräder geben würde und es mit den vagen Informationen kaum eine Chance gab den Fahrer zu identifizieren, falls die Beobachtung überhaupt stimmte.

Kathi hatte sein Mail beantwortet und den vorgeschlagenen Termin für das Skypen bestätigt. Nun saß er mit dem Headset vor Bildschirm und Webcam und wartete, dass Kathi online ging. Pünktlich erschien ihr Bild und sie begrüßte ihn freudig. Rasch waren die familiären Neuigkeiten ausgetauscht und Marko lenkte das Gespräch auf die Namensliste. Er erklärte ihr kurz, dass diese Namen bei seinen Ermittlungen aufgetaucht waren und erinnerte sie daran, dass er ihr von den Videos erzählt hatte.

»Also«, sagte Kathi, »wenn ich wörtlich übersetze, dann heißt Cacciatore auf Deutsch Jäger.«

»Ja, das habe ich auch schon herausgefunden«, unterbrach Marko fast ungeduldig.

»Ok! Hast du sonst noch was erkannt?«, erwiderte Kathi und spannte ihn auf die Folter.

»Mach weiter«, forderte Marko sie brummend auf.

»Und Angelo Vendicatore heißt auf Italienisch Racheengel. Aber jetzt wird es interessant. Schau dir mal die Buchstabenfolgen an: Cacciatore A. V., Avendi C. Atore und Vendic[acci]atore sind offensichtlich Kombinationen der gleichen Silben und Worte. Es dreht sich immer um den Jäger und den Racheengel. Gehört der Typ zu einer Rockerbande?«

»Keine Ahnung«, erwiderte Marko. »Ich konnte den oder die Typen bisher nicht identifizieren. Nichts! Nada! Ich habe keinen Anhaltspunkt, wer das ist. Deine Hinweise zeigen mir aber, dass es offenbar doch einen Zusammenhang gibt, den ich noch finden muss. Und vor allem liegt nahe, dass alle Videos von derselben Person oder einer zusammengehörenden Personengruppe hochgeladen wurden.«

Sie plauschten noch ein paar Minuten. Kathi richtete Grüße an ihre Eltern aus und erinnerte an ihren nächsten Heimatbesuch im Sommer.

Marko kritzelte mit dem Stift auf dem Notizblock herum. Jäger und Rachengel. Er ließ sich Kathis Hinweise noch ein paarmal durch den Kopf gehen. Versuchte die Worte zu drehen und zu wenden. Vendicatore. Rache! Angelo! Engel. Racheengel. War das ein Hinweis auf ein Motiv? Wollte sich da jemand rächen? An wem und wofür? Und warum nannte er sich auch noch Jäger? Cacciatore? Sehr kryptisch, grübelte Marko. Wenn es sich um illegale Rennen handelte, waren dann die Opfer nicht selber mitschuldig? Hatten sie sich nicht, vielleicht aus Eitelkeit, zu diesen Horrorfahrten hinreißen lassen? Was war eine allfällige, möglicherweise vorsätzliche Straftat des Verfolgers?

-18-

Das Wetter war perfekt. Nur kleine Wölkchen hoben sich vom tiefblauen Himmel ab. Der Klipp zeigte die Fahrt eines Bikers vom Passeiertal über den Jaufenpass Richtung Sterzig.

Frankie kompensierte seine eigene Immobilität, indem er nicht nur die Videos ansah, sondern auch die Routen verfolgte. Wenn bei den Videos die Strecke angegeben war, suchte er diese über Maps und verfolgte die Biketour auf der Straßenkarte und über die Satellitenbilder. Er zoomte sich so tief hinein, dass er die einzelnen Geraden und die Spitzkehren nachvollziehen konnte. Manchmal schien ihm, er würde selber dort fahren. Die Kameraperspektive des Fahrers unterstützte diesen Eindruck.

Der Autor des eben laufenden Films war ein Genießer, der keine Eile hatte. Immer wieder zogen schnelle Bikes und sogar Autos an ihm vorbei. Er blieb zwischendurch am Straßenrand stehen und blickte in die Landschaft. Wie wenn er seine Eindrücke mit anderen teilen wollte. Frankie schaute durch die Kamera mit und sah die Gipfel auf der gegenüberliegenden Talseite. Auf der Passhöhe unterbrach eine Pause die Aufzeichnung. Dann ging es auf der Nordseite talwärts. Die Sonne schien auf den Gegenhang, unten war das Ridnauntal zu erkennen.

Die Kamera fuhr vor Sterzing auf eine Tankstelle zu. Tankstopp. Er blickte sich um, die Kamera folgte synchron. Einige Motorradfahrer waren zu sehen. Die Kamera folgte einem, der auf den Shop zu ging, ein anderer Biker mit schwarzen Rennoverall mit weißen Einsätzen an Oberarmen und Schultern kam heraus. Mit der rechten Hand schob er sein Portemonnaie in die Brusttasche, in der anderen Hand hielt er einen Energydrink. Frankie hob die Augenbrauen. Könnte das nicht Andi sein? In der Entfernung war der Bursche nicht gut zu sehen. Aber das Gesicht, wunderte sich Frankie. Er spulte den Klipp ein paar Sekunden zurück und versuchte Näheres zu erkennen. War das Andi oder nicht?

Andi hatte doch nicht mehr Motorrad fahren wollen, überlegte Frankie. Nicht dass er das so explizit gesagt hätte. Aber er hatte auch nie erwähnt, dass er gerne wieder fahren würde. Er grübelte. Sah der Biker auf dem Video Andi nur zufällig ähnlich, wie man auch oft in fremden Gesichtern Ähnlichkeiten zu seinen Bekannten auszumachen glaubt? Er überlegte. Das Video war keine Hilfe. Er konnte es nicht besser auflösen. Verunsichert stellte er den Computer auf Standby. Er würde Andi zur Rede stellen.

-19-

Bei seinem nächsten Besuch hatte Andi Frankie abgeholt und sie waren zusammen in die Innenstadt gefahren, um in einem Straßencafé was zu trinken und die Nachmittagssonne zu genießen. Der eine oder andere Bekannte kam vorbei, sie begrüßten sich, quatschten ein wenig. Frankie hoffte ja, dass noch ein paar attraktive Mädchen ins Café kommen würden. Bereits bei der Auswahl seines Sitzplatzes hatte er sich umgesehen, ob jemand Bekannter da wäre. Als er niemanden sah, wählte er seinen Platz so, dass er die vorbei strömenden Leute beobachten konnte. Andi und er unterhielten sich über Belangloses, kommentierten manchmal leicht bissig die vorbei huschenden Leute. Beobachteten den Verkehr, der am Rande des Stadtplatzes vorbei tröpfelte. Ein Motorrad fuhr röhrend vorbei. Frankie sah den Moment gekommen.

»Schade, dass ich nicht mehr fahren kann«, eröffnete er. »No chance, voll vorbei.« Aus den Augenwinkeln beobachtete er Andis Miene. Der verzog keine Wimper. Keine Regung war zu erkennen. Frankie musste nachlegen.

»Und du?«, fragte er beiläufig.

»Hm, ja wär schon geil«, antwortete Andi leicht abweisend. Er wollte nicht auf das Thema eingehen.

»Na, komm, sag schon«, forderte Frankie ihn heraus.

Andi reagierte nicht. Ein paar Minuten vergingen. Andi hoffte, dass ein bekanntes Gesicht auftauchen würde, um die Situation zu entschärfen.

»Neulich hab ich dich gesehen«, nahm Frankie den Ball wieder auf.

»Wo, bei was?«

»Na, beim Biken!«

»Unsinn, wo soll denn das gewesen sein?«

»Das weißt du schon selber.«

»Ich weiß nichts, was meinst du? So ein Blödsinn!«, versuchte Andi sich rauszureden.

»Aber ich hab dich gesehen!«

»Du irrst dich.« Andis Stimme bekam einen leicht verärgerten Unterton. »Entweder du sagt jetzt, was du glaubst, gesehen zu haben, oder du lässt es sein.«

»Bleib cool, ich will dich ja nicht verärgern oder verarschen. Ich zeig es dir später«, versuchte Frankie die Situation zu glätten.

»Na, da bin ich aber gespannt.«

Als Andi Frankie später zuhause aus dem Auto half, hatten beide das Thema vergessen. Andi half beim Aufsperren der Haustür und schob Frankie mit dem Rollstuhl in dessen Zimmer. Als Frankie den matten Bildschirm sah, fiel es ihm wieder ein.

»Jetzt kann ich es dir zeigen.«

»Was willst du mir zeigen?«

»Na das Video, dass ich neulich gesehen habe und auf dem du drauf bist.«

»Ich hab keine Zeit mehr, muss weg.«

»Dauert nur zwei Minuten.« Frankie hatte den Computer schon aus dem Ruhezustand geholt und das Video angeklickt. »Warte kurz, ich fahr vor bis zu dieser Szene.«

Die Kamera fuhr auf eine Tankstelle zu. Ein Biker mit schwarzem Rennoverall mit weißen Einsätzen an Oberarmen und Schultern kam aus dem Tankstellenshop heraus, mit der rechten Hand schob er sein Portemonnaie in die Brusttasche, in der anderen Hand hielt er einen Energydrink.

»Da, siehst du?«, Frankie stoppte den Klipp und zeigte mit dem Finger auf den grobkörnig erkennbaren Burschen am Bildschirm. »Der sieht aus wie du!«

Andi beugte sich hinunter und sah genauer hin. »Was, der soll ich sein? Du spinnst! Wo ist das überhaupt?«

»Vom Jaufenpass herunter, bei Sterzing in Südtirol«, antwortete Frankie.

»Und von wann ist der Mitschnitt?«

»Das weiß ich nicht. Ich kann dir nur die Uploadzeit sagen. Und das war vor ein paar Tagen. Kann aber sein, dass der Kamerabiker den Klipp schon früher gemacht hat.«

»Ah, ich bin das sicher nicht. Ich in Südtirol. Da war ich schon lange nicht mehr. Und überhaupt: warum verdächtigst du mich. Glaubst du, ich würde dir das verheimlichen?«

Frankie war von der progressiven Wendung des Gesprächs überrascht.

»Nein. Ich dachte ja nur. Hätte ja sein können, dass du es mir nicht sagen wolltest, um mich nicht zu verletzten oder so.«

»Würde ich doch nie tun. Das weißt du doch. Ich bin das sicher nicht, der da auf dem Video. Ich muss jetzt los.« Er unterstrich seine Worte mit einem Blick auf die Uhr seines Handys.

»Bis bald!«, sagte er und ging zur Tür.

»Ja, bis bald«, antwortete Frankie zögerlich. Er war verunsichert und hoffte, Andi nicht verärgert zu haben. Vielleicht war es ja wirklich nur eine zufällige Ähnlichkeit.

-20-

Marko beschloss noch einen informellen Schritt zu machen. Als er während des nächsten Innendienstes mal Zeit hatte, klopfte er auf gut Glück an die Tür der Polizeipsychologin. Da diese sehr viel bei Verhandlungen und Besprechungen unterwegs war, konnte es leicht sein, dass sie tagelang nicht in ihr Büro kam.

»Herein«, wurde er aufgefordert und trat ein.

Frau Dr. Koppnik, eine sportliche Mittvierzigerin, saß hinter ihrem Schreibtisch. Sie hatte ihre bunte Brille ins kurze dunkle Haar hochgeschoben, lächelte ihn freundlich an und lud ihn mit einer Geste ein, auf dem Sessel vor ihrem Schreibtisch Platz zu nehmen. Etwas verkrampft begann Marko seine Ausführungen.

»Äh, hm. Ähm, ich hätte da gerne Ihren Rat, Ihre Meinung zu einem Fall«, begann er seine Ausführungen.

Circa zehn Minuten später hatte er den Fall soweit dargelegt, dass die Psychologin überblickte, worum es ging. Er legte ihr die Liste mit den Namen auf den Tisch und erklärte die Wortspielerei von Angelo Vendicatore und Cacciatore. Danach kam er nochmals auf die Ähnlichkeiten bei den Videos zu sprechen und dass es seiner Meinung nach einen Zusammenhang geben musste.

Marko versuchte mit Hilfe von Dr. Koppnik ein Motiv zu erkennen, auf das sich die Rache und die Jagd bezogen.

Nachdem Marko das Büro der Polizeipsychologin verlassen hatte, war ihm klar, dass er seinen Verdacht, dass hier entweder illegale Wettrennen oder gar Hetzjagden stattfanden und auch noch im Web publiziert wurden, melden musste. Es musste jetzt auch offiziell werden. Aber wie? Er überlegte, ob er mit seinem Chef sprechen sollte und welche Möglichkeiten es sonst noch gab. Dann entschied er, die Fakten und Möglichkeiten in Schriftform zu bringen. Im Kopf begann er einen Bericht zu skizzieren, mit dem er seinen Vorgesetzten informieren wollte und er hoffte, dass ein Ermittlungsverfahren begonnen werde. Wenn er den Bericht fertig hatte, konnte er ja immer noch zuerst ein Gespräch versuchen und hätte dann die Unterlage schon vorbereitet. Gleichzeitig würde er beim Berichtschreiben die Fakten nochmals checken und seine Vermutungen und Verdachtsmomente exakt formulieren müssen.

-21-

Marko brauchte fast vier Tage um neben seinen stressigen Diensten den Berichtsentwurf zu erstellen. Trotz seiner Routine fiel es ihm nicht leicht, diesen Fall zu beschreiben. Die Fakten waren ja bald dargestellt. Eine besondere Komplexität lag jedoch in der Tatsache, dass sich die Unfälle offenbar in unterschiedlichen Ländern ereigneten und noch dazu jeweils ausländische Biker die Opfer waren, die im Gastland unterwegs gewesen waren. Lange grübelte er, wie er mit den informell erhaltenen Unfallberichten und den Hinweisen der IT-Expertin und der Polizeipsychologin umgehen sollte. Durfte er diese dokumentieren oder sollte er diese nur mündlich hinzufügen?

Nach ein paar Überarbeitungen des Berichts war Marko endlich mit dem Ergebnis zufrieden und fasste Mut, den Vorgesetzten anzusprechen.

Am nächsten Tag fand eine Dienstbesprechung statt, bei der der Chef selbst anwesend war. Als der letzte Tagesordnungspunkt abgearbeitet war und die Kollegen und Kolleginnen den Besprechungsraum verließen, ging Marko auf den Polizeioffizier zu.

»Verzeihen Sie, Herr Chefinspektor, hätten Sie ein paar Minuten Zeit für mich?«

»Ja, Herr Kollege, worum geht es?«

»Ich hab da eine Reihe von tödlich endenden Motorradunfallvideos entdeckt, bei denen es so aussieht, als würde es sich um illegale Straßenrennen handeln. Interessant ist, dass offenbar immer derselbe Biker beteiligt ist.«

»Hm, und was heißt das?«

»Ich glaube, dass da jemand eine Art Hetzjagd veranstaltet und andere mit hineinzieht. Ich habe da einige Fakten gesammelt, die ich Ihnen gerne vorlegen würde.«

»Na, ich weiß nicht«, grummelte der Polizeioffizier. »Und Sie sagen, es gibt Fakten?«

»Ja!«

»Na gut, kommen Sie um vierzehn Uhr in mein Büro. Jetzt muss ich zu einer Besprechung.«

Als Marko am Nachmittag das Büro des Chefinspektors verließ, war er zerknirscht. Er hatte alle Fakten dargelegt und vor allem seine Verdachtsmomente dafür, dass es sich hier um vorsätzliche Taten handelte, ausführlich begründet. Die kryptische Namensnennung bei den Video-Uploads, die Uploadzeitpunkte, die meist nur wenige Stunden nach dem Unfall waren und die stets gleiche Kameraführung, waren dem Vorgesetzten jedoch zu wenig. Außerdem äußerte der Chefinspektor seine Skepsis, was etwaige strafbare Tatbestände betraf. Marko vermutete, dass auch die Unfallorte, die offenbar nicht nur in Österreich, sondern auch in Italien und in Deutschland lagen, für seinen Chef einen bürokratischen Horror bedeuteten. Der Chef hatte sich den Ausdruck von Markos Bericht behalten und gemeint, er würde es sich später nochmals ansehen. Für Marko war das kein gutes Zeichen. Er glaubte nicht, dass der Chef sich die Sache überhaupt nochmals ansehen würde. Jetzt konnte er nur warten.

Zwei lange Tage später ging Marko nach Dienstschluss auf dem Parkplatz zu seinem Privatmotorrad, als ein Auto neben ihm anhielt. Das Seitenfenster wurde hinunter gelassen und der Polizeimajor Blatzer sprach ihn an.

»Kollege Gehmaier!«

»Ja, Herr Major«, antwortete Marko und beugte sich zum Autofenster. Er kannte den stellvertretenden Landespolizeidirektor, weil dieser auch einer der Vortragenden bei Markos Polizeiausbildung gewesen war.

»Ich hatte gestern eine Sitzung wegen der Bewerbungen zur Kripoausbildung. Sie haben sich ja auch beworben. Die Kriterien scheinen für Sie zu passen. Da ich Sie von meinen Vorträgen als hellen Kopf in Erinnerung habe, habe ich das auch befürwortet. Aber das sage ich Ihnen jetzt nur nebenbei. Moser hat mich auch über Ihre – na sagen wir mal privaten – Recherchen informiert. Auch wenn er von der Sache selbst wenig hält, hat er zumindest Ihr Engagement lobend erwähnt. Ich hab das Papier überflogen und würde gerne mit Ihnen darüber reden, weil mich Ihre Argumente interessieren. Lassen Sie sich im Sekretariat einen Termin geben. Wiedersehen.«

Während Marko die Hand zum Salutieren hob und »Jawohl, Herr Major« murmelte, war das Auto schon in den Straßenverkehr eingetaucht. Marko blieb erstaunt zurück. Dass der Polizeidirektor einen niederrangigen Kollegen persönlich ansprach, kam eher selten vor. Er fragte sich, ob das wegen seiner Bewerbung oder wegen des Bikerfalls war.

Marko war pünktlich zu seinem Termin beim Polizeimajor gekommen, hatte aber kurz im Vorzimmer Platz nehmen müssen, weil der Major telefonierte, wie die Sekretärin erklärt hatte. Wenig später wurde er ins Büro gebeten und die hübsche Sekretärin fragte, ob er einen Kaffee wolle. Er nahm dankend an, mit Milch, ohne Zucker. Der Major stand auf und bat Marko zu einem Besprechungstisch, an dem sie übers Eck Platz nahmen. Sie sprachen ausführlich über Markos Bericht. Der Major ließ sich alles genau erklären und hakte bei einigen Punkten nach.

»Wissen Sie«, sagte der Major, »ich bin ja genauso skeptisch wie Kollege Moser, was diese Sache betrifft. Ich sehe die Fakten und kann Ihren Argumenten gut folgen. Das hat schon Hand und Fuß. Mir scheint es da auch ein Muster zu geben, wie Sie es dargestellt haben. Aber einerseits ist die Sache mit Deutschland und Italien natürlich sehr kompliziert. Eine grenzüberschreitende Zusammenarbeit bedeutet gleich auch einen Haufen Papierkram. Anderseits ist es eine günstige Gelegenheit, genau diese internationale Zusammenarbeit wieder einmal zu üben. Nicht zuletzt möchte ich Ihr Engagement unterstützen«, ergänzte er mit einem Lächeln in den Augen. »Ich erkenne aus Ihren Ausführungen, dass Sie mit viel Energie daran arbeiten. Ihre Schlussfolgerungen sind intelligent und…«, er machte eine kurze Pause und schien das richtige Wort zu suchen, »eben irgendwie schlüssig. Noch wichtiger ist mir aber, dass Sie offenbar eine sehr gute Intuition haben. Jenes Gespür für Ungereimtheiten und krumme Dinger, das einen guten Ermittler auszeichnet. Deshalb habe ich Folgendes entschieden.«

Marko spürte in den Worten die Autorität des Polizeioffiziers.

Als Marko das Büro von Major Blatzer verließ, hatte dessen Sekretärin ein Protokoll aufgenommen, welches Marko in der Folge als Dienstauftrag erhalten sollte. Er hatte angeordnet, Ermittlungen einzuleiten. Chefinspektor Moser sollte die Kontakte zu den entsprechenden Dienststellen in Südtirol und Bayern koordinieren. Dabei sei vorzuschlagen, jene Kollegen einzubinden, mit denen Marko bereits informelle Kontakte hatte. Gleich pragmatisch war der

Zugang des Majors zu den eigenen Ressourcen, indem er anordnete, dass Dr. Koppnik und die IT-Expertin ihre Recherchen vertiefen und ihre Darstellungen dann offiziell einbringen sollten. Bei Bedarf sollten sie auch weiterhin beigezogen werden. Marko sollte unter Mosers Leitung die Operation im Feld, wie es der Major nannte, übernehmen. Also gemeinsam mit den Italienern und den Deutschen rund um die Unfälle und Unfallsorte Erhebungen mit der Zielsetzung durchführen, hier den unidentifizierten unfallbeteiligten Videomacher zu finden und vorsätzliche Beteiligung nachzuweisen. Er ordnete auch an, dass ihm jede Woche Bericht zu erstatten sei. Aber da das ohnehin die Standardprozedur war, unterstrich der Major damit nur, dass er persönlich interessiert war.

-22-

In den nächsten Tagen war Marko damit beschäftigt, seine offenen Fälle abzuschließen und andere laufende Aufgaben an Kollegen zu übertragen, um sich voll auf seinen neuen Fall konzentrieren zu können. Er begann die Ermittlungen in Sachen »Cacciatore«, wie der Fall nun intern genannt wurde, vorzubereiten. Dazu sammelte er alles zusammen, was er bereits hatte und bereitete es für die Kollegen auf. Von Dieter bekam er die Kontaktdaten zum Kollegen aus Deutschland. Er musste abwarten, bis Chefinspektor Moser die offiziellen Rückmeldungen von den Carabinieri und der Deutschen Bundespolizei über deren Beteiligung an den Ermittlungen erhalten hatte. Erst dann konnte es losgehen. Er nutzte die Zeit, um den - ihm unbekannten - deutschen Kollegen, von dem er über Dieter den Unfallbericht aus dem Berchtesgadener Land erhalten hatte, zu kontaktieren. Er war etwas überrascht, als er dort anrief und Kollegen Chris Offenbacher sprechen wollte, aber dann eine weibliche Stimme zu hören bekam.

»Oh«, sagte Marko, »entschuldigen Sie, ich dachte, Chris sei die Abkürzung für Christof oder Christian, wie es bei uns zumeist der Fall ist.«

»Kein Problem«, erwiderte Frau Offenbacher im bayrischen Dialekt. »Das gibt es bei uns auch. Aber so wird eben auch Christiane abgekürzt.« Frau Offenbacher erinnerte sich an die Anfrage von Dieter und kannte Markos Aktivitäten rund um die Videos schon im Groben. Außerdem war sie von ihrem Vorgesetzen bereits auf ihr mögliches Mitwirken bei diesen grenzüberschreitenden Ermittlungen angesprochen worden.

»Ich werde Ihnen rasch die Unterlagen zukommen lassen«, versprach Marko. »Dann können Sie mal checken, was wir schon haben. Außerdem wäre es gut, wenn Sie sich die Klipps von den Unfällen mal genau ansehen könnten. Die entsprechenden Links sind dabei. Sobald Sie die Dienstanweisung für Ihre Mitarbeit haben, sollten wir uns dann mal zusammensetzen oder eine Onlinesitzung abhalten um die Vorgehensweise für die Ermittlungen und Vororterhebungen abzustimmen. Ich habe bereits ein paar Ideen, was wir machen können. Aber Sie haben bestimmt auch gute Vorschläge und Erfahrungen, wie wir vorgehen sollten. Das machen wir dann gemeinsam mit Giuseppe Kofler, das ist der Carabinieri aus Bruneck, der auch mitarbeiten soll.«

Als Marko aufgelegt hatte, hatte er ein gutes Gefühl und freute sich auf die gemeinsame Arbeit.

Am folgenden Dienstag war alles geregelt. Moser hatte die Zusage für die Mitarbeit von den Carabinieri und den Deutschen erhalten. Auch die gewünschten Personen waren eingeteilt worden. Er hatte mit Marko die nächsten Schritte besprochen und sie hatten entschieden, dass es am besten sei, das erste Meeting persönlich und nicht online abzuhalten. Marko hatte die Kollegen Offenbacher und Kofler schon für den nächsten Freitag nach Lienz eingeladen, wo er kurzfristig ein Sitzungszimmer mit der erforderlichen Ausstattung reservieren konnte.

-23-

Immer häufiger beschäftigte sich Frankie mit den Motorradklipps. Er hatte einige schöne Tourenmitschnitte und Strecken analysiert. Dabei war er auf ein weiteres Crashvideo gestoßen. Es zeigte einen Biker, der mit voller Geschwindigkeit in einer Kurve geradeaus fuhr und in eine doppelte Aluleitschiene knallte. Der Fahrer wurde über den Motorradlenker hinausgeschleudert. Frankie sah das Grazer Kennzeichen des Unfallbikes, aber es war ihm auch klar, dass das nichts zu bedeuten hatte und sich der Unfall irgendwo zugetragen haben konnte.

Der Klipp war vor geraumer Zeit hochgeladen worden. Frankie grübelte. Er überlegte, ob er etwas über diesen Unfall gehört oder gelesen hatte. In der Tageszeitung seiner Eltern war nichts gestanden. Sonst hätte es sicher eine Diskussion beim gemeinsamen Mittagessen gegeben. Aber dass es dazu gar keinen Bericht gab, wunderte ihn. Er googelte nach Motorradunfällen, Bikeunfällen und Unfällen, erhielt aber kein Suchergebnis, das nur annähernd passte. Er tippte die Webadresse der Onlineausgabe der elterlichen Tageszeitung in den Browser ein und scrollte durch den Lokalteil, wo die Unfallberichte waren. Nichts. Er begann Zeitungen, die ihm einfielen, online zu durchforsten, und suchte zuerst nach

Motorradunfallberichten der letzten zehn Tage, weitete seine Suche dann aber auf drei Wochen aus. Erst bei der dritten Onlineausgabe wurde er fündig. Da war ein Bericht über einen Motorradunfall auf der Turrach, bei dem ein Biker aus Graz tödlich verunglückt war. Das im Bericht genannte Datum war der Tag, an dem der Upload des Videos erfolgt war.

-24-

Das Meeting der dreiköpfigen grenzüberschreitend zusammengesetzten Sonderkommission begann mit etwas Smalltalk, weil sich die Anwesenden ja noch nicht persönlich kannten. Bald waren sie in den Fall vertieft. Chris Offenbacher und Giuseppe Kofler hatten ihre Hausübungen gemacht und stellten abwechselnd ihre Fragen.

»Können Sie mir erklären, wie Sie den Fall sehen?«, begann Offenbacher. Sie war einen guten Kopf kleiner als der ein Meter achtundachtzig große Marko. Trotz des nicht sehr femininen Schnittes der bayrischen Polizeiuniform war eine sportlich schlanke Figur zu erahnen. Ihr schulterlanges hellblondes Haar war leger zu einem Rossschwanz zusammengebunden. »Ich kenne zwar ihre Ausführungen bezüglich der Fakten aus den Unterlagen, würde aber gerne noch hören, was sie nicht hineingeschrieben haben.«

Marko war von der Direktheit ihrer Ansage überrascht und überlegte, wie sie das wohl meinte.

»Ich meine«, kam sie ihm zuvor, »jeder von uns hat bei solchen Dingen ja auch eine gewisse Vorstellung, ein Bauchgefühl, das einen leitet, oder?«

»Ja, klar. Reine Wettrennen wären per se zwar illegal, sind aber schwer zu beweisen. Aber hier scheint es um mehr zu gehen. Der Videomacher, wir nennen ihn auch ´Cacciatore´, scheint Spaß an der Hetze zu haben. Es sieht auch so aus, wie wenn er Druck auf die vorderen Fahrer aufbauen wollte. Es ist nie zu sehen, dass er versucht, selbst zu überholen. Und die Klipps scheint er als eine Art Ersten Preis oder als Siegestrophäe zu sehen und publiziert diese vermutlich auch deshalb. Außerdem ist da noch die Bezeichnung ´Angelo Vendicatore´, also Racheengel. Was will er damit sagen? Für wen oder was könnte er sich rächen wollen? Wenn es nur um die Rennen ginge, meine ich, würde er sich nur als Jäger bezeichnen und nicht als Racheengel.«

Offenbacher hatte ruhig zugehört und reflektierte Markos Antwort. »Okay! Das verstehe ich. Das heißt, wir suchen nicht nur einen verrückten Racer, sondern auch einen Rächer. Aber wir wissen nicht wofür. Das ist wirklich schwierig.«

»Wir sollten uns nochmals darüber unterhalten, warum wir von Straftaten ausgehen und von welchen«, brachte Giuseppe ein. »Es könnte ja sein, dass wir es in unseren Ländern unterschiedlich sehen, denn selbst bei EU-weit einheitlichen Regelungen gibt es immer wieder unterschiedliche Interpretationen.«

»Ja, ich denke auch, dass das ein wichtiger Punkt ist«, meinte Marko. »Die Fahrerflucht ist in jedem Fall bei uns, wie auch bei euch in Deutschland und Italien, eine Straftat. Dazu kommt unterlassene

Hilfeleistung und was weiß ich noch alles. Beim Fall am Passo della Rolle, wo der Kamerabiker vom Parkplatz auf den Endurofahrer zugerast ist, liegt eindeutig Nötigung vor. Die beiden Attacken auf die Radfahrer sollten wir auch mitbedenken, obwohl ich glaube, dass das ein ganz anderer Fall ist. Aber ich habe diese im Hinterkopf und checke laufend, ob Zusammenhänge auftauchen. Da gibt es ja keine Videos, also auch keine Namen des Uploaders.«

»Vielleicht haben wir die ja bloß noch nicht gefunden«, meinte Giuseppe.

»Können wir eure Internetexpertin damit beauftragen?«, schlug Offenbacher vor und Marko notierte das auf dem Flipchart mit den to do´s.

Sie nutzten die Mittagspause, um gemeinsam im Schatten der großen Sonnenschirme auf dem Lienzer Hauptplatz eine Kleinigkeit zu essen.

»Ich nehme nur einen kleinen Salat«, entschied Giuseppe, »sonst falle ich am Nachmittag ins Suppenkoma und bin nicht arbeitsfähig.«

Marko schloss sich seiner Entscheidung an.

Nur Offenbacher meinte, »ich gehe das Risiko ein« und wählte aus den Osttiroler Spezialitäten eine Speckknödelsuppe. »Aber eine kleine«, relativierte sie ihre Bestellung bei der Kellnerin.

Während sie auf die Speisen warteten, plauderten sie über ihre Jobs und ihre Hobbys. Während Giuseppe und Marko sich bei den Skitouren und beim Motorradfahren einig waren, überraschte sie die deutsche Kollegin, als sie sagte, dass sie selbst auch ein Motorrad fahre.

»Natürlich kenne ich auch viele österreichische Alpenpässe und fahre sehr gerne in den Dolomiten.«

Bei dem einen oder anderen Erlebnisbericht vom Biken, während und nach dem Essen, verging die Zeit sehr schnell, wie Marko mit einem überraschten Blick auf sein Handy feststellte.

»Wir müssen leider«, mahnte er zur Rückkehr ins Besprechungszimmer »Wir haben noch einiges zu tun.

Beim Kaffeeautomaten vor den Besprechungsräumen legten sie noch einen kurzen Zwischenstopp ein, um den Automaten mit Münzen zu füttern. Mit dem Cappuccinobecher in der Hand, wartete Offenbacher, bis auch die anderen ihren Kaffee bekommen hatten.

»Nachdem Sie beide sich schon duzen, schlage ich vor, dass ihr mich auch per du ansprecht und mich Chris nennt«, schlug Offenbacher vor. »Gerne auch Christiane«, neckte sie in Markos Richtung, »damit es keine Verwechslungen gibt.«

Marko begann die Besprechung mit einer Landkarte an der Wand. Er hatte die Unfallorte farbig eingezeichnet.

»Unser Problem ist, dass nur die Unfallstellen fix sind. Betroffen sind ja Motorradfahrer aus unterschiedlichen Herkunftsländern, die bei euch in Italien, in Deutschland und bei uns illegale Rennen fuhren. Somit sind praktisch alle Beteiligten Moving Targets. Habt ihr Vorschläge, wie wir vorgehen könnten?«

»Ich würde gerne nochmals mit den Zeugen, soweit es welche gibt, sprechen«, meinte Chris. »Im Gespräch ergibt sich meist noch das eine oder andere.«

»Da hast du Recht«, bestätigte Giuseppe. »Wir sollten auch mit den Kollegen, die die Unfälle aufgenommen haben, reden und sie über die Videos, sowie unsere Verdachtsmomente informieren. Ich glaube, die wissen das noch gar nicht. Vielleicht ergibt sich da auch noch eine neue Perspektive.«

»Ok! Das kann jeder von uns direkt im Dienstweg machen.«

»Mit mir kann ich gleich selber reden«, schmunzelte Chris. »Ich war bei der Unfallaufnahme selbst dabei. Nein, im Ernst. Wir hatten damals keine Ahnung, dass es ein Muster für diese Serienunfälle gibt. Ich rede da nochmals mit den Kollegen, die auch dort waren.«

»Außerdem sollten wir uns bei Raststationen, Gasthöfen und Parkplätzen umhören. Vielleicht ist ja einem Wirt oder seinen Serviermitarbeitern etwas aufgefallen. Einer der Racebiker könnte ja lautstark angegeben haben. Ihr kennt diese Machotypen ja. Auch Tankstellen sollten wir abklappern.«

»Gute Idee«, nahm Kofler den Faden auf. »Denk aber daran, dass bei uns in Südtirol die meisten Tankstellen an den Wochenenden nur Automatenbetrieb haben und keine Tankwärter dort sind.«

»Ja, das kenne ich aus leidvoller Erfahrung«, meinte Marko. »Deshalb hab ich auch immer zwei oder drei Fünf- und Zehn-Euro-Scheine extra dabei, weil meine Bankomatkarte dort nicht funktioniert.«

Er stand auf und stellte sich an die Landkarte mit den Markierungen der Unfallstellen.

»Und was meint ihr, welche Radien sollten wir zu Grunde legen?«

»In den Ortschaften sind Gasthäuser und Tankstellen ja nicht sehr dicht gestreut. Da müssen wir schon dreißig oder vierzig Kilometer hernehmen«, sagte Chris.

»Gut. Das ist aber nur dort möglich, wo nur ein oder zwei Verbindungsstraßen sind. Sonst ist das nicht zu schaffen, so viele sind das«, befürchtete Marko. »Und bei den Gasthäusern, Discos und Nächtigungsbetrieben konzentrieren wir uns auf jene, die als Bikertreffpunkte gelten oder als solche Werbung machen.«

»Du hast die Kameraposition als wichtigen Faktor genannt«, sagte Giuseppe. »Wir sollten daher auf den

Parkplätzen schauen, wo eine Kamera oder eine Kamerahalterung unten montiert ist. Die üblichen Helmkameras scheiden ja wohl aus. Da müssen wir die Kollegen auf den Polizeiposten, die uns eventuell unterstützen, genau instruieren. Wenn man weiß, wie das aussieht, erkennt man es eh sofort.«

»Außerdem können wir unter den Bikern herumfragen, ob jemand verfolgt oder zu einem kleinen Match herausgefordert wurde«, schlug Chris vor. »Vielleicht fühlte sich ja jemand direkt genötigt. Die Abgrenzung ist halt schwierig und die Befragung erfordert Fingerspitzengefühl. Sonst fühlt sich einer gleich unter Druck gesetzt.«

»Und ein kleines Privatrennen wird sowieso keiner zugeben«, ergänzte Marko.

Nach einer weiteren Stunde hatten sie die Routen rund um die Unfallstellen fixiert und die nächsten Schritte festgelegt. Jeder von ihnen sollte selbst bestimmte Abschnitte um ´seine´ Unfallorte abfahren und die vereinbarten Befragungen durchführen. Um bei den Bikern anschlussfähig zu sein, sollten sie das auch in ziviler Motorradkleidung und mit den Privatbikes tun. Sie legten auch noch einen Termin für eine Telefonkonferenz in drei Tagen fest, wo sie sich austauschen und abstimmen wollten. Dann machten sie sich auf den langen Heimweg.

-25-

Frankie saß am Beifahrersitz in Andis Auto. Sie waren auf dem Weg zur Sporthalle, um sich das abendliche Match anzusehen. Der Innenraum war leicht verschlampt. Zwei leere Getränkedosen rollten in jeder Kurve am Boden herum. Die zusammengeknüllten Verpackungen von Snacks konnten sie nicht aufhalten. In der Mittelkonsole lagerte eine Packung mit Schokoriegeln.

»Darf ich«, fragte Frankie und zeigte auf die Schokolade.

»Klar!«

Frankie hob die Packung hoch und wollte gerade einen Riegel heraus ziehen, als er den Schlüssel mit dem Anhänger sah. Er hob den Schlüssel hoch und sah in sich an. Auf dem Anhänger war das Logo eines japanischen Motorradherstellers zu sehen, wie auch am Griffende des Schlüssels.

»Hey, ein Bikeschlüssel!«, rief Frankie erstaunt, »wie kommt der denn hierher?«

Andi ignorierte ihn. Als ob ihm das jetzt aus der Patsche helfen könnte.

Frankie drehte den Schlüssel hin und her.

»Na, sag schon«, beharrte Frankie, »welche ist das? Wo hast du sie?«

»Nur ausgeborgt«, raunte Andi, sichtlich in die Enge getrieben. »Ich wollte nur mal ´ne Proberunde fahren.«

»Super! Zeigst du sie mir?«

»Weiß nicht, vielleicht«, antwortete Andi und wollte das Thema hinausschieben. Die Ankunft auf dem Parkplatz kam ihm zu Hilfe. Er nahm Frankie den Schlüssel aus der Hand und schob ihn in die Jackentasche.

Als sie sich nach zwei Stunden auf den Rückweg machten, nahm Frankie die Sache wieder auf. Etwas nervös fragte er: »Was ist, zeigst du sie mir jetzt?«

»Was?«, gab sich Andi unwissend.

»Na das Motorrad, das du ausgeborgt hast. Wo hast du es abgestellt?«

»Wo schon«, keifte Andi, in die Enge getrieben. Er ahnte, dass Frankie nicht locker lassen würde. Scheiße, dass ich den Schlüssel übersehen habe, ärgerte er sich. Die Scheiß-Schokoriegel hatten ihn verdeckt.

»Bei mir natürlich.«

»Lass uns hinfahren«, bettelte Frankie, »ich möchte es sehen.«

»Wozu?«

»Wozu, wozu«, bellte Frankie. »Ich möchte einfach das Bike sehen. Wo ist das Problem?«

Eine Weile schwiegen sie.

»Ich find auch nichts dabei, wenn du wieder fährst«, versuchte Frankie zu beschwichtigten. »Würde ich ja selber gerne«, setzte er fast kleinlaut dazu.

Andi bog wortlos in Richtung seiner Wohnung ab. Er glaubte Frankie.

Wenig später stellte er seine Karre vor der Garagenzeile der Wohnanlage ab, ging ums Auto herum, um Frankie in den Rollstuhl zu helfen. Er schob ihn vor das Garagentor, wie vor eine Bühne. Wortlos wuchtete er das Kipptor nach oben und schaltete die Neonröhren ein. Die Garage war eine typische Schrauberwerkstatt. Öldosen standen auf einem kleinen Board. Schraubenschlüssel hingen nach der Größe geordnet an der Wand. Doch das alles sah Frankie gar nicht. Seine Augen waren auf die in der Mitte aufgestellte Maschine gerichtet. Der Doppelscheinwerfer schien seinen Blick zu erwidern.

»Wow!«, staunte Frankie, »das ist ja ein Ding!«

Er griff an seine Rollstuhlräder und schob sich näher zum Bike. Unter dem flachen Windschild lag der Doppelscheinwerfer, der ihn aggressiv anzusehen schien.

»So ein geiles Gerät! Rund tausend Kubik und 170 PS!«, erklärte er Andi, der neben ihm stand.

»Knapp über 180«, korrigierte Andi murmelnd. Die Situation war ihm immer noch unangenehm.

Frankie drehte den Rollstuhl nach und blieb an der linken Seite vor dem Bike stehen. Die vorderen Doppelbremsscheiben verdeckten einen guten Teil der messingfarbenen Alufelge. Von den Scheinwerfern weg war die Verkleidung stromlinienförmig nach hinten gezogen und verdeckte fast die Hälfte des wuchtigen Motors. Der Auspuff war beidseitig bis unter die Sitzbank hochgezogen und glitzerte matt.

Frankie rollte nach hinten. Aus seiner Sitzposition konnte er fast gerade in die beiden Auspuffröhren sehen. Der wuchtige Hinterreifen lugte unter der Nummerntafel hervor.

»Komm, lass mal hören«, forderte Frankie begeistert.

Ein verschmitztes Grinsen zierte Andis Gesicht, als er in die Jackentasche griff und fast würdevoll zum Cockpit des Bikes herantrat. Seine Stimmung war infolge von Frankies Begeisterung aufgehellt. Er war fast ein bisschen aufgeregt.

Als er die Zündung anmachte, leuchteten die Armaturen auf, die Zeiger fuhren hoch und schlugen bis zum Anschlag aus.

»Geh da hinten weg«, raunte er. »Jetzt kommt der Donner!«

Der Rollstuhl schob sich zur Seite. Frankie war auf Respektabstand gegangen und stand nun leicht schräg hinter dem aufgebockten Renneisen. Andi checkte kurz den Leerlauf und drückte dann auf den roten Startknopf. Der Motor erwachte mit einem lauten Brüllen zum Leben und fiel dann in das kernige Brabbeln der Leerlaufdrehzahl zurück.

»Los, dreh mal auf«, forderte Frankie. »Mann, lass endlich hören!«

Grinsend umfasste Andi den Gasgriff und drehte den Motor langsam hoch. Das tiefe Blubbern wich einem langsam ansteigenden heißeren Sound und erreichte mit einem grellen Kreischen den Höhepunkt. Als er den Gasgriff losließ, fiel die Drehzahl rasch auf Standgas zurück. Andi stellte den Motor ab. Die Begeisterung war in sein Gesicht geschrieben.

»Wow, einfach geil! Super!«, fand Frankie.

»Yeaaah!«, war die coole Antwort.

Sie ereiferten sich über die technischen Details wie Trockengewicht, Tankvolumen, Sitzhöhe und. Reifendimensionen. Über Beschleunigungswerte und Topspeed brauchten sie nicht zu sprechen. Einfach grenzwertig, wäre letztlich die Conclusio gewesen.

Frankie zog sein Handy aus der Tasche. »Ich muss einfach ein paar Fotos machen«, sagte er zu sich selbst. Er umrundete das Bike und machte Aufnahmen von vorne, von hinten. Blitzte die Seiten an und zoomte noch ein Detail der beiden Auspuffendungen und der sportlich aggressiven Scheinwerferpartie.

»Hey, stell dich hin«, schlug Andi vor. »Ich mache ein Foto von dir mit dem Bock dahinter.« Zwei, drei Aufnahmen durch Andi folgten.

»Jetzt du«, befahl Frankie und Andi gehorchte. Er stellte sich hinters Bike und setzte sich letztlich auf Frankies Wunsch drauf. Er duckte sich in der Racehaltung tief hinter das Windschild, sodass er mit der Brust auf dem Tank lag.

»Einfach geil«, resümierte Frankie, als er später von Andi zu Hause abgesetzt wurde. »Und du hast sie nur ausgeborgt?«, fragte er.

»Ja, leider. Ich muss sie am Montag früh zurückstellen.«

»Schade«, murmelte Frankie.

-26-

Die gemeinsamen Ermittlungen liefen nun seit mehr als zwei Wochen. Christiane, Giuseppe und Marko waren in den abgesteckten Regionen unterwegs und sprachen mit vielen Leuten an Tankstellen, Raststätten und Parkplätzen. Giuseppe hatte das größte Gebiet.

Deshalb war Marko auch bereits am Freitagnachmittag auf dem Weg zu Giuseppe ins Südtiroler Ahrntal, um am Wochenende mit ihm gemeinsam zu arbeiten. Weil der Himmel wolkenlos war und eine tolle Fernsicht bot, hatte er sich entschlossen, gleich nach dem Mittagessen aufzubrechen und mit seiner privaten Reiseenduro den kleinen Umweg über das Defereggental und den Stallersattel zu nehmen. Am Stallersattel ergab sich die Gelegenheit für einen Kaffee mit einer tollen Aussicht, weil die einspurige Fahrbahn auf der italienischen Seite als wechselweise Einbahn geregelt war, deren Fahrtrichtung sich jeweils nach einer halben Stunde Wartezeit änderte. Als Marko die Passhöhe erreichte, war die Ampel gerade rot.

Bei Brunico bog Marko ins Ahrntal ab. Er war begeistert von diesem nach Nordosten führenden Seitental und erinnerte sich bei der Anfahrt zu Giuseppes Heimatdorf an die vielen Möglichkeiten für ausgedehnte Skitouren auf die umliegenden Berge, von denen er erst wenige bestiegen hatte. Auf der Südseite wie auf der Nordseite des Tales standen mehrere über dreitausend Meter hohe Gipfel, die sich ihnen als traumhaftes Panorama präsentiert hatten. Auf der Südseite kannte er sonnige Hänge, die sich im Winter für lange Tiefschneeabfahrten anboten, die meist nur die Einheimischen nutzten. Touristen sollten nur in Begleitung von lawinenkundigen Berg- und Schiführern dorthin aufsteigen, hatte ihm Giuseppe bei ihrer letzten Skitour erklärt.

Abends saßen sie in Giuseppes Stammkneipe beim Abendessen. Giuseppe erzählte von den Schmugglersteigen, die früher den internationalen Warenaustausch, wie er es schmunzelnd nannte, unterstützten. Marko erfuhr auch, dass während des Zweiten Weltkrieges zahlreiche Flüchtlinge von hilfsbereiten Einheimischen durch das Krimmler Achental im Salzburger Pinzgau über die Berge im Ahrntal geführt wurden. Einige Ahrntaler Bauern besaßen immer noch Almweiden auf der Salzburger Seite der Berge und trieben jedes Frühjahr ihr Weidevieh über die steilen, oft noch schneebedeckten Pässe in den Norden. Giuseppe erwies sich nicht nur als profunder Kenner der Gegend, sondern auch als unterhaltsamer Erzähler alter Geschichten und düsterer Mythen. Längst war das Geschirr abgeräumt worden und der Abend war unbemerkt in die Nacht übergegangen.

Die Zeit war wie im Flug vergangen. Bei einem Glas Südtiroler Wein waren Giuseppes Erzählungen von den Viehtrieben des Frühlings zum Sommer gelangt. Sie sprachen über die Sommergäste, die zum Wandern ins schöne Tal kamen und Marko fand es lustig, als Giuseppe berichtete, dass die italienischen Gäste aus dem heißen Süden bei Schlechtwetter gerne in den Dörfern blieben und dort zu hunderten herumspazierten und die Geschäfte besuchten, während die deutschen auch bei schlechterem Wetter kurze Aufstiege auf sich nahmen und dann gerne gesellig in den Almhütten saßen. Wie auch immer, die heimische Wirtschaft begrüßte beides.

Da das Ahrntal eine Sackgasse war, kamen nur jene Motorradfahrer hinein, die sich die Bergkulisse ansehen wollten und vielleicht einen Tag die Ruhe genießen wollten. Mit Racebikern hatte der Carabiniere Giuseppe kaum Probleme, weil im Tal keine Straßenabschnitte zu Höchstgeschwindigkeiten animierten.

»Ich verstehe ohnehin nicht, wie manche durch die Gegend hetzen«, hatte Marko gesagt. »Wenn ich eine Tour fahre, dann genieße ich die Landschaft. Ich möchte sie nicht nur sehen, sondern nehme auf dem Motorrad auch die Umwelt, zum Beispiel die Gerüche, sehr intensiv wahr. Im Auto ist das heutzutage ja nicht möglich. Aber am Bike rieche ich die Felder, die Wiesen und den Wald, merke den Unterschied zwischen der Blütezeit und der Erntezeit. Ein frisch gepflügter Acker duftet einfach nach Natur pur.«

»Ja, sowie der würzige Geruch von Kuhmist«, grinste Giuseppe, »und frischem Heu, wenn du an einer Wiese vorbei fährst, auf der der Bauer gerade das Heu wendet, oder den Duft des Korns im Spätsommer, wenn es geerntet wird, das ist einfach wunderbar. Aber am Bike nimmst du auch die anderen Gerüche wahr. Ein Bauernhof duftet nach Stall und Kühen, während ich bei einer Fabrik, an der ich vorbei fahre, Motoröl oder den beißenden Geruch von geschweißtem Stahl oder Chemikalien rieche.«

»Oder den Duft von Keksen und Schokolade«, lachte Marko. »Ganz intensiv finde ich den Geruch des Meeres, wenn ich an einer Küstenstraße entlang fahre.«

»Und welche Unterschiede es hier gibt«, schwärmte Giuseppe, »ob du an einem Hafen vorbeifährst oder an einem Strand.«

»Weißt du, was ich auch oft extrem finde?«, fragte Marko rhetorisch. »das sind die Temperaturunterschiede.

»Ja, genau. Im Auto sitzt du voll klimatisiert. Aber am Bock spürst du die Unterschiede. Im Tal hat es am Asphalt fünfunddreißig Grad und eine Viertelstunde später, auf eineinhalbtausend Meter am Pass oben, hast du plötzlich nur mehr zehn, zwölf Grad. Ebenso schnell ist der Temperaturwechsel zwischen einer offenen Freilandstraße und einem schattigen Waldstück.«

»Oder du fährst am Morgen bei sieben Grad los. Hast alles angezogen, was du mit hast, und im Laufe des Vormittags musst du immer wieder stehen bleiben, um etwas auszuziehen, bis dir die Jacke auf der Haut klebt.«

»Dazu kommt noch der wortwörtlich blitzartige Wechsel zwischen Sonne und Regen, wo dann innerhalb von Minuten die Temperaturen von neunundzwanzig, dreißig Grad auf fünfzehn fallen und du eine oft angenehm kühle Dusche bekommst«, ergänzte Giuseppe mit grinsender Sachkenntnis. »Gerade im Sommer gibt es oft solche labilen Wetterlagen, wo auf einem Pass die Sonne brennt und ein Stück weiter geht ein Gewitter nieder.«

»Von wegen: es gibt kein schlechtes Wetter, nur schlechte Ausrüstung«, sagte Marko mit gespielter Empörung im Ton. »Der Blödmann, der das behauptet, sollte mal bei strömenden Regen von einem Pass herunter fahren. Sicher ist es wichtig, wetterfest bekleidet zu sein, aber das ist eben nur ein Teil der Geschichte.«

»Wie die Abfahrt von einer Schitour bei Schneefall und Nebel«, stellte Giuseppe dazu.

Der Hüttenwirt hatte noch eine kleine Karaffe Vernatsch auf den Tisch gestellt. »Dei werd´s noo bruuchen«, stellte er in breitestem Dialekt und voll Empathie für seine Gäste fest.

»Das Schöne am Motorradfahren ist«, nahm Marko den Faden wieder auf, »dass ich morgens nicht weiß, wo ich abends sein werde. Ich meine damit, dass ich mich gerne treiben lasse. Schaue mir auf der Karte an, wo ich bin und welche Möglichkeiten es fürs Weiterfahren gibt. So komme ich immer wieder in Gegenden, die ich sonst nicht kennen lernen würde. Ich glaube, mit dem Auto schaffst du das auch nicht. Diese Lust, was Neues zu entdecken, macht mir Spaß.«

»Oft treibt mich aber auch das Wetter. Wenn ich sehe, dass vor mir ein Gewitter aufzieht, muss ich ja nicht direkt hinein fahren«, bestätigte Giuseppe. »Da biege ich dann einfach ab, und schon bist du auf einer ganz anderen Route, wenn du flexibel bist«, grinste er.

»Ich verstehe ja nicht, wie manche Leute mit einem Navi Motorrad fahren können. Ich möchte das nicht. Außerdem habe ich mit der guten, alten Karte einfach einen besseren Überblick: über die Routenmöglichkeiten, über alternative Strecken, über die umliegenden Gipfel, die Täler und die Höhen der Pässe, über die ganze Region.«

»Ja, da findest du dann auch oft Sehenswürdigkeiten und schöne Plätze. Das Navi führt dich an den schönsten Seen vorbei, auf der Karte siehst du die aber. So ein Navi brauchst du ja nur, wenn du so schnell wie möglich zu einem bestimmten Ort kommen musst. Bei uns ist das anders, oder? Wir fahren mit dem Bike, weil das Fahren selbst das Ziel, ich möchte fast sagen, die Erfüllung des Traumes, ist. Und es ist egal, wo du abends einen Schlafplatz findest. Mir zumindest. Das ist die Freiheit, die ich beim Motorradfahren finde.«

»Ja, ich finde auch, dass das das Reizvolle am Biken ist. Und ein Zimmer findest du immer. Ich kann mich zumindest nur an wenige Situationen erinnern, wo ich länger nach einem Quartier suchen musste.«

»Ja, bei Ferragosta, am 15. August, wenn tutti gli italiani Urlaub machen«, lachte Giuseppe. »Das kenne ich. Da fahre ich dann zu euch nach Österreich oder in die Schweizer Alpen.«

»Super ist auch, wie leicht man unterwegs mit anderen Bikern ins Gespräch kommt. Du brauchst auf einem Pass oder abends nur fragen, wo sie herkommen oder hinfahren. Schon kannst du dich stundenlang über Touren, Abstecher, Aussichtsmöglichkeiten, gute Wirtshäuser, Quartiere und billige Tankstellen unterhalten. Oder über technische Dinge wie Reifenverschleiß, Serviceintervalle und Kostenvergleiche.«

»Oft bekomme ich die besten Tipps, wenn ich mit Einheimischen ins Reden komme. Wenn die merken, dass du an Land und Leuten interessiert bist, und nicht einfach nur durchrast, sind sie immer freundlich und auskunftsfreudig. Erzählen dir so manche lustige Geschichte und haben gute Tipps fürs Abendessen oder Unterkünfte.«

»Ich genieße auch die Gelassenheit. Schließlich mache ich eine Reise und kein Rennen. Obwohl ich gestehen muss, dass es trotzdem oft genug Anlass für einen Adrenalinkick gibt.«

»Das kannst du wohl sagen. Ich spüre das bei engen, schwierig zu fahrenden Pässen, unguten Wettersituationen, wenn es in einer Walddurchfahrt nass ist und Laub liegt, oder Rollsplitt und Gussasphaltstreifen. Dazu kommen noch Wildwechsel oder kritische Verkehrssituationen. Ach, Anlässe gibt es wirklich genug, wo dir der Puls hochschießt.«

»Genau! Deshalb kann ich auf wahnsinnige Straßenrennen gerne verzichten. Nicht, dass ich die Beschleunigung der Motorräder nicht schätzen würde. Im Gegenteil, es ist einfach geil, beim Überholen so schnell an Lastwagen und Autos vorbei zu schießen oder aus einer Spitzkehre heraus voll wegzuziehen. Da spürst du die pure Kraft!«

»Klar bist du irrsinnig schnell auf Topspeed. Aber dann vergessen viele, dass beim Bremsen auch die Regeln der Physik gelten und hohe Geschwindigkeiten lange Bremswege verursachen. »Außerdem halten wir uns natürlich strikt an die Vorschriften«, zwinkerte Giuseppe.

»Im Dienst immer«, bestätigte Marko schelmisch. »Eigentlich auch, wenn ich privat unterwegs bin. Beim gemütlichen Cruisen habe ich weniger Stress, mache weniger Lärm und brauche auch weniger Sprit.«

«Da hast du Recht. Natürlich verbrauchen unsere Motorräder auch Sprit und geben CO2 ab. Aber im relativierten Vergleich bei weitem nicht so viel wie die Flugzeuge des Massentourismus. Von den schwarzen Abgasstreifen der Militärflugzeuge ganz zu schweigen.«

»Nur zu Fuß gehen ist keine Umweltbelastung«, stichelte Marko, »und selbst da bin ich mir nicht so sicher, wenn ich mir die schnell verbrauchten Schuhmaterialen ansehe, und für jede Gangart werden einem spezielle Schuhe eingeredet, fürs Laufen, fürs Walken, fürs Trekking. Und die Horden von Touristen, die die besonders beworbenen ´Must-Destinations´ stürmen, wollen zwar alle in die Natur, aber selten zu Fuß.«

Beide hingen nun etwas müde ihren Gedanken nach. Das Umweltthema schien doch ein klein wenig das Gewissen zu belasten, obwohl sie sich gerade so schön herausgeredet hatten. Marko nahm einen großen Schluck aus dem Wasserglas und nippte dann an seinem letzten Schluck Wein.

»Hast du nie Angst?«, fragte Giuseppe in einem leisen, fast verschämten Ton. »Beim Biken, meine ich.«

»Angst? Aber sicher!«, bestätigte Marko unbeschwert. »Ein bisschen Angst gehört für mich dazu. Meist spüre ich das Kribbeln bei den Tourvorbereitungen, diese angespannte, prickelnde Aufregung vor dem Wegfahren. Wenn ich dann am Fahren bin, legt es sich meist rasch. Aber es gehört dazu. Ich glaube, Angst schafft Respekt. Es ist die Angst, die mich vorsichtig macht. Die Gedanken an das, was passieren könnte. Und ich hab schon echt irre Momente erlebt. So bin ich eines Morgens in ein ländliches Dorf gerollt, wirklich gerollt. Ich sehe, wie von rechts ein grüner Pickup aus einer Seitenstraße auf die Hauptstraße zufährt. Der Fahrer, ein eher jüngerer Typ, bleibt stehen, schaut kurz zu mir, dann nach rechts und dann wieder zu mir. Sieht mich voll an – und fährt trotzdem los. Gerade, dass ich noch einen Schlenkerer nach links machen konnte. Ich glaube, zwischen meinem rechten Seitenkoffer und der bulligen Stoßstange hätte ich keine Daumenbreite mehr hineingebracht. Diese Unberechenbarkeit macht Angst.«

»Gleichzeitig bedeutet für mich die Überwindung der Angst auch einen Sieg über mich selbst, sozusagen. Weißt du was ich meine?«

»Ja, klar. Das zeigt sich insbesondere dann, wenn dir mal was passiert ist. Wenn du einen Ausrutscher hattest, dein Moped einmal hingelegt hast, dann hast du Angst wieder aufzusteigen. Und die musst du dann überwinden. Das ist Mut, Angst zu haben, diese zu überwinden und es trotzdem zu tun. Als Kinder haben wir das unbewusst gemacht. Wenn´s dich mit dem Rad hingeschmissen hat oder es dich nach einem Schisprung, dem weitesten, den du je geschafft hast, bei der Landung neben deinen Freunden am Boden zerrissen hat und du bist dann, mit Tränen in den Augen und einem verkrampften Lächeln um den Mund wieder aufgestanden, dann hast du deine Angst überwunden.«

»Es fällt uns nur mit zunehmendem Alter immer schwerer. Man wird vorsichtiger, wenn man älter wird, das lehrt einen die Erfahrung, sonst wäre man ja blöde. Und passieren kann immer etwas, am Berg beim Bergsteigen oder Skifahren, am Wasser, mit dem Fahrrad und was weiß ich noch alles.«

»Deshalb versuchen wir ja so vorsichtig wie möglich zu sein, vorausschauend zu fahren und - soweit möglich - auch für die anderen mitzudenken. Gibt eh genug, die nicht einmal das eigene Risiko abchecken.«

Wieder hingen sie eine Weile ihren Gedanken nach. Schließlich waren Risiken und Angst ein allgegenwärtiges Thema.

»Das war ein angenehmer Abend«, fasste Giuseppe zusammen.

Marko sah auf die Uhr und stellte fest, dass es schon bald elf Uhr nachts war. Aber das war egal, die geplanten Befragungen der Biker und Einheimischen konnten sie ohnehin erst beginnen, wenn die Raststätten geöffnet wurden und die Biker ihre Pausen machten.

»Wirklich nett«, fand auch Marko und hob sein Glas zu Giuseppe und ließ den letzten Schluck genussvoll über den Gaumen gleiten.

-27-

Am nächsten Vormittag waren sie im Gadertal unterwegs, als Giuseppe auf einer Tankstelle einen Biker mit der gesuchten Kamerahaltung auf der Vordergabel fand. Aber das Motorrad, eine große über dreihundert Kilo schwere Reisemaschine, war sichtlich nicht für Rennen geeignet und der Fahrer, ein gesetzter älterer Herr, war keiner, der sich auf der Straße duellierte. Ein unverfängliches Gespräch, in das Giuseppe den Mann verwickelte, bestätigte das. Der alte Biker erzählte begeistert von seinen früheren Touren durch halb Europa. Jetzt, so meinte er, sei er leider Witwer, versuche aber trotzdem abends stets zu Hause zu sein und kicherte über seinen ´Stalltrieb´, wie er es nannte. Er hätte früher viele Videoklipps von seinen Ausfahrten gemacht. Jetzt aber nicht mehr, da er niemanden mehr hatte, dem er sie zeigen konnte.

Nach Corvara, auf der Auffahrt zum Passo di Campolongo, kamen Marko und Giuseppe zu einer Baustelle. Ein Auto mit norddeutschem Kennzeichen stand direkt an der roten Ampel. Marko fuhr vorbei, weil es üblich war, dass die Autos mit etwas Abstand vor den Ampeln stehen blieben, damit sich die Biker vorne hinstellen konnten, um dann vor den Autos die Baustelle zu passieren. Der Fahrer aus dem Flachland kannte diese Usance jedoch nicht und Marko musste sich hinter die Ampel stellen, von wo er das Signallicht nicht sehen konnte. Giuseppe, der hinter Marko gefahren war, gab ihm ein Handzeichen und stellte sich schräg vor den linken Scheinwerfer des Autos. So blockierte er den Wagen als die Ampel auf Grün sprang und winkte die hinter dem Auto aufgelaufene Gruppe Biker vorbei. Der Autofahrer hupte wegen der Blockade böse und fuchtelte wütend mit der Hand. Als das letzte Motorrad passiert war, deutete Giuseppe einen Salut an, drückte den Gang rein und zog den anderen nach. Eine Weile versuchte der verärgerte Autofahrer die Biker zu jagen, musste aber nach der zweiten Kehre aufgeben. Die Beschleunigung der Bikes aus den Kehren konnten auch seine Mehr-PS nicht wettmachen.

Giuseppe und Marko klapperten die Rastplätze und Biker-Treffpunkte in Arabba, am Pordoi Joch und am Sella Joch ab und wendeten sich dann talwärts nach Westen.

Im Grödnertal interviewte Marko einen Gastwirt, der berichtete, dass die Racebiker wegen ihrer Aggressivität bei den Tourenfahrern genauso unbeliebt seien, wie bei den Radfahrern und anderen Touristen. Der Wirt meinte sogar, dass es die testosterongesteuerten Racer wären, die abends grölend feierten und durch manche Randale die anderen Ruhe suchenden Gäste vergrämten. Der Wirt war offenbar sensibilisiert und hätte auch heraus gehört, wenn jemand mit seinen Triumphen aus Privatrennen angegeben hätte.

Am Nachmittag waren sie in Richtung Sterzing unterwegs, als sie in einen starken Regenguss gerieten. Auch wenn sie dank ihrer Goretexkleidung nicht durchnass werden konnten, war das Motorradfahren bei so heftigen Regengüssen kein Vergnügen. Sie warteten das Schlimmste in einem Unterstand ab.

»Und das obwohl laut Wettervorschau nur zwanzig Prozent Regenwahrscheinlichkeit angesagt war«, schimpfte Giuseppe und lugte auf die großen Tropfen, die vor ihnen auf den Asphalt prasselten, zerflossen und bald in kleinen Bächen gesammelt über die Straße rannen.

»Da siehst du, wie du bei zwanzig Prozent Wahrscheinlichkeit auch zu hundert Prozent nass werden kannst«, spottete Marko und zog seine Jacke unterm Kinn zu.

Sie schafften noch ein paar Befragungen auf der Strecke über den Jaufenpass, bevor sie entschieden, den Tag abzuschließen.

Wenig später bezogen sie ihre Zimmer in St. Leonhard, wo sich die Passstraßen auf den Jaufenpass und auf das Timmelsjoch mit der Straße durch das Passeiertal nach Meran trafen. Nach dem Abendessen gingen sie noch in eine kleine Bar, vor der einige Motorräder parkten.

Der Barmann stelle zwei kleine Bier vor Marko und Giuseppe.

»Prost!«, sagte Marko und hob sein Glas, Giuseppe stieß seines leicht dagegen und nahm einen Schluck. »Viel los hier«, meinte Marko.

»Ja, immer.« Giuseppe schien nicht das erste Mal hier zu sein.

Neben Marko plauderten zwei Typen. Ein Tattoo zierte den Hals unter dem linken Ohr des neben Marko sitzenden, der sich mit einem Glatzenträger unterhielt. Sie schienen sich über ihre Matches von heute zu unterhalten.

»Dann bin ich an der Familienkutsche auf der Geraden voll vorbei geröhrt«, schnappte Marko auf.

»Hab noch gesehen, wie es den Alten gerissen hat«, lachte Tattoo.

»Ja«, erwiderte der zweite. »Ich habe sein Zucken nach rechts auch bemerkt. Danke fürs Freiräumen. Ich hatte dann so viel Speed, dass ich gleich auch noch an dir vorbei gedonnert bin.«

»Tja, weil ich die Puppe im Cabrio am Parkplatz vermessen habe. Sonst hättest du keine Chance gehabt.«

»Ach, geh. Etwas geht immer. Oder wie war das dann weiter oben, als ich auf den deutschen Sportwagen aufgelaufen bin.«

Giuseppes Blick streifte auf die linke Seite, wo er bei einer Blondine, die an der Ecke der Bar saß, hängen blieb. Er wandte seinen Blick ab und sah in den dahinter liegenden Raum, wo ein altes Motorrad stilecht drapiert war. Da stellen sie im Winter vermutlich einen Pferdeschlitten hin, dachte Giuseppe und sah sich wieder nach dem Mädchen um. Sie blickte von ihrem Drink hoch und sah ihm direkt in die Augen. Ein, zwei Augenaufschläge lang. Giuseppe fühlte sich ermutigt und sprach sie an: »Hi, schmeckt's?«

»Ja, der deutsche Sportwagen. Der hat es sich auch ordentlich gegeben. Ist auf den Geraden voll aufs Gas und hat ´urspät´ gebremst. Ich bin ein bisschen hinter ihm geblieben und hab mir angesehen, wie er´s macht. Dann bin ich ihm aufs linke Rücklicht gerückt. Er hat mich im Rückspiegel gesehen und gleich wieder Gas gegeben. Aber keine Chance. Hast du gesehen, wie ich ihn in der Linkskurve innen verputzt habe?«, fragte Glatze. »´Urgeil´«, bekräftigte er seine Heldentat. Wiener Slang, dachte Marko.

»Klar, ich bin an deiner Nummerntafel gehangen. Ich musste im letzten Moment zurückbleiben, weil die Gruppe Radfahrer in der Kurve entgegen kam. Ist sich gerade nicht mehr ausgegangen«, klagte Tattoo.

»Da musst du nur ordentlich mit dem Gas röhren«, hörte Marko ein dritte Stimme aus dem Hintergrund. Er konnte den Sprecher nicht sehen, weil er hinter

Tattoo und Glatze außerhalb des Lichtkegels saß. »Die weichen dann wie die Schafe vor dem Schäferhund aus«, setzte der Dritte fort.

Giuseppe war sichtlich außer Dienst und flirtete mir der Blonden.

»Danke, schmeckt gut«, sage sie und ein leichtes Lächeln ließ ihre weißen Zähne aufblitzen.

»Von wo kommst du«, fragte der ermunterte Giuseppe.

»Aus dem Allgäu.«

»Bist du mit dem Auto hier?«

»Nein, eine Freundin und ich machen eine kleine Motorradtour.«

»Aha.« Giuseppe sah sich um. »Und wo ist deine Freundin?« »Sie war schon sehr müde und wollte früh zu Bett.« Er lächelte sie an. Sie trug ein dunkles T-Shirt, vielleicht blau oder anthrazit mit einem hellen Aufdruck. Als sie sich zum Tresen vorbeugte, um am Trinkhalm zu ziehen, spannte es sich über ihren Brüsten. Giuseppes Blick verfing sich kurz.

»Hast du den Autofahrer mitbekommen, der nach links rückte, statt nach rechts, als er mich hinter sich bemerkte?«, fragte Tattoo. »Der wollte mich nicht vorbei lassen. Glaubte, er könne mir den Weg versperren. Ich bin kurz vom Gas gegangen, hab mich ein paar Meter zurückfallen lassen. Schon hat er geglaubt, dass ich klein beigebe. Dann hab ich einen Gang runtergeschalten und voll aufgedreht. Noch ehe er reagieren konnte, bin ich schon vorbei geschossen.«

»Ja, hab ich gesehen. Coole Aktion«, lobte Glatze.

»Ist doch Kinderkram«, hörte Marko die Stimme des Dritten. »Mit Autos zu matchen ist was für Anfänger«, provozierte er. »Du musst es mit anderen Bikern aufnehmen.«

»Eh klar«, bestätigte Tattoo, »da kommt dann Freude auf.«

»Sowie mit dem roten Racebike«, nahm Glatze den Faden wieder auf. »Zuerst hab ich ihn vorbeigelassen.«

»Haha, vorbeigelassen«, hänselte ihn Tattoo, »er hat dich auf der langen Geraden voll verblasen.«

»Ach was! Ohne Schmäh! Ich wollte sehen, was das für ein Gerät ist. Du hast ja gesehen, wie wir dann gefahren sind. Immer volles Rohr. Gleich nach der nächsten Kehre hab ich ihn schon gehabt. Brauchst nur genug Mumm haben. Und die PS. Weißt eh, seit dem Chiptuning hab ich noch mehr. Knapp 200 statt 170 PS. Und das bei einem Trockengewicht von nur 210 Kilo. Da müssen bei einem Auto schon mindestens 450 Pferdchen unter dem Kühlerhäubchen traben, um eine Chance zu haben. Unter 2,9 Sekunden auf 100.«

Was für Angeber, dachte Marko. Wahrscheinlich sind das eh nur Coffee-Racer, die hier so auf den Tisch hauen.

»Also, nach der zweiten Kehre, wo die längere Gerade war, hab ich sicher knapp 210, 220 drauf gehabt.«

Marko mischte sich ein: »klingt ja wahnsinnig, nicht geil, sondern gefährlich. Was machst du, wenn dann ein Auto daher kommt oder ein Tier auf die Straße rennt?«

»Quatsch, die Autos seh´ ich eh und die Viecher laufen eh davon, wenn sie meinen Auspuff röhren hören.« Die drei lachten. Dann wandte sich Tattoo Marko zu. »Was fährst du denn für einen Hobel? Einen Oldtimer?«, fragte er.

»Und vor allem wie?«, ergänzte Glatze. Wieder lachten die drei.

»Ich bin mit einer Reiseenduro unterwegs. Auf gemütlich. Ich genieße die Landschaft, die Gerüche, wenn ich an Feldern vorbei oder durch Wälder fahre.«

Marko blickte kurz zu Giuseppe, den die Blondine gerade fragte: »Und du, wo kommst du her?«

«Ich komme aus Brunnekkkh, oben im Pustertal, kennscht di aus?«, antwortete Giuseppe in überzogenem Dialekt und spielte mit einem Grinsen seinen Südtiroler Charme mit italienischem Einschlag voll aus. Sie lachte.

»Ich bin der Giuseppe«, setzte er fort.

»Ich bin die Klaudia.«

Wenig später sah Marko, dass Giuseppe aufgestanden war und jetzt neben der Frau an der Bar stand.

»Ja, und die Kuhscheiße auf den Weiden riechst du auch«, hänselte Glatze.

»Klar. Aber ich brauche mich nicht auf der Straße matchen«, ließ sich Marko nicht beirren. »Wenn ich ´ne schnelle Runde brauche, fahre ich zum Hungaroring oder nach Spielberg. Dafür habe ich ein Racebike, nicht für die Straße.«

»Also mir genügt der Spritgeruch«, sagte Glatze.

»Und der von verbranntem Gummi«, ergänzte der Dritte. »Es geht nichts über ein geiles Duell.«

»Ich möchte ja nicht als ´Marterl´ am Straßenrand enden«, nahm Marko das Wort wieder auf.

»´Marterl´ was soll denn das sein?«, fragte Tattoo.

»Das sind die kleinen, dekorativen Kreuze am Straßenrand«, erklärte Marko. »So eines bekommt der Verlierer eurer Duelle von dem gespendet, der dann seine Organe bekommt. Außerdem sind die italienischen Bullen ziemlich happig. Da musst du gleich ordentlich in die Tasche greifen, wenn du zu schnell warst. Oder, schlimmer, ein anderer darf mit deinem Eisen nach Hause fahren – beschlagnahmt, versteigert, verstanden?«, witzelte Marko.

»Scheiß drauf«, entgegnete der Dritte. »Weißt du, was das für ein geiles Gefühl ist, wenn dir bei so einem kleinen Rennen das Adrenalin so richtig einschießt?«

»Und«, fragte der mit der Glatze den Dritten »wie bringst du den anderen dazu, auf so ein Match einzusteigen?«

»Das ist einfach. Du fährst hinten drauf. Gibst ein bisschen Gas, damit er dich hört und in den Spiegel schaut. Dann drehst du auf und zischt vorbei. Der andere will sich das nicht gefallen lassen und dreht auch auf. Schon bist du voll im Rennen.«

Ihr seid genau die Wahnsinnigen, dachte Marko, vor denen ich mich auf der Straße fürchte. Adrenalinjunkies, die in ihrem Geschwindigkeitsrausch andere, vor allem aber sich selbst gefährden. Solche, die wir Bullen aus dem Verkehr ziehen müssen, bevor was passiert.

»Und gegen die Bullen hab ich einen Radarwarner«, freute sich Tattoo und wandte sich an den Barmann: »Gib mir noch ein großes Bier.«

»Und du glaubst das hilft?«, fragte Marko. »Den Radarwarner, meine ich, nicht das Bier.«

Tattoo und der Dritte lachten.

»Im Ernst«, versuchte es Marko erneut. »Sogar im Web gibt es schon die Crashvideos von den tödlichen Duellen. Das solltet ihr euch mal reinziehen.« Er stand auf und ging zur Toilette. Im Vorbeigehen sah er, dass Giuseppe einen Arm um die Blondine gelegt hatte und grinste zu seinem Freund hinüber. Doch Giuseppe war zu sehr in seinen Flirt vertieft.

Als Marko ein paar Minuten später zurückkam, war Giuseppe mit dem Mädchen verschwunden. Der Dritte auch. Komischer Typ, dachte Marko. Erst jetzt erinnerte er sich daran, dass er vorher unbewusst registriert hatte, dass der Dritte einen etwas anderen Dialekt sprach als Tattoo und Glatze.

Draußen vor der Bar rollte ein dunkles Bike mit einer Kamerahalterung auf der Vordergabel vom Parkplatz.

-28-

Die Polizei vermutet überhöhte Geschwindigkeit und Selbstverschulden des Motorradfahrers, endete eine Meldung, die Frankie bei einer Onlinezeitung fand. Er klickte auf Bildschirmdruck und legte den Artikel in einem eigenen Folder ab. Sorgfältig trug er Ort und Datum des Unfallberichts in die Tabelle ein, die er begonnen hatte, als er bei den Bikevideos immer wieder auf Unfallklipps stieß. Er versuchte die Aufzeichnungen mit den Unfallberichten abzustimmen, was nur fallweise gelang. Dass der Klipp mit dem Münchner Kennzeichen mit dem Unfallbericht in den Online News zeitlich und örtlich zusammenpasste, schien ihm ein Zufall zu sein. Bisher hatte er zwar bereits vier Videos notiert, aber nur den einen Unfallbericht. Unfallmeldungen gab es zuhauf. Am Wochenbeginn nach einem Schönwetterwochenende meist gleich zwei, drei oder mehr. Aber die passten nicht mit den Klipps zusammen.

Wieder und wieder sah er sich die Videos an, versuchte irgendetwas zu finden, dass ihm Aufschluss über den Ort des Crashs gab. Gab es etwas, was ihm weiter helfen könnte?

Gedankenverloren scrollte er seinen Ordner durch. Blätterte lustlos durch die Bilder, die er in Andis Garage gemacht hatte. So ein ´Sauhund´, schimpfte er im Gedanken und lächelte dabei nachsichtig. Borgt sich so eine Maschine aus und sagt mir kein Wort. Wenn ich den Schlüssel nicht gesehen hätte, hätte ich es nie erfahren. Warum er wohl so ein Geheimnis daraus machen wollte?

Die Bilder zogen vorüber, während er seinen Gedanken nachhing. Ansicht von vorne, links, hinten, rechts, mit Andi und mit ihm selbst drauf. Eine gelungene Seitenansicht ließ er dann stehen. Zog mit seinem Blick die elegante Linie vom Vorderrad über die Lichtanlage und das Windschild bis zu den hochgezogenen Auspuffenden nach. Da konnte man schon ins Schwärmen kommen, dachte er. Sein Blick wanderte zurück zur kampfbereit blickenden Scheinwerferpartie. Darunter deckte ein kleiner Kotflügel, der in seitliche Windabweiser überging, das Vorderrad ab. Die Stoßdämpfer der Vordergabel glänzten metallisch hervor, als sie vom Fotoblitzlicht getroffen wurden. Ein kleiner Schatten lag mitten auf der linken Gabelführung. Irgendwie passte das nicht ins Bild. Was ist das, fragte sich Frankie und sah näher hin. Mit dem Schieberegler zoomte er sich ins Bild und schob den neuen Ausschnitt in die Bildschirmmitte. Erst jetzt erkannte er, dass da was montiert war. Was ist das bloß? Er überlegte. Ein Zusatzscheinwerfer konnte es nicht sein. Ein Radarwarner auch nicht. Außerdem hatte er mit Andi einmal über diese Geräte diskutiert und sie waren zum Schluss gekommen, dass diese in Zeiten der Laserpistolen nicht mehr viel bringen würden. Er versuchte noch größer zu zoomen, aber die Bildauflösung gab nicht mehr her. Er lehnte sich zurück, nahm einen Schluck aus der Tasse, die vor ihm stand, ohne zu merken, dass der Tee längst kalt war.

Eine Kamerahalterung, schoss ihm in den Kopf. Jetzt erinnerte er sich, dass er und Andi mit der Outdoorkamera experimentiert hatten. Er hatte sie mal in seinem Cockpit und mal auf dem Helm montiert gehabt. Andi versuchte es mit der tiefen Perspektive unter dem Scheinwerfer. Jetzt erinnerte er sich auch, dass ihm Andi erklärt hatte, dass damit die Kopfbewegungen des Fahrers wegfallen würden und nur die Linie des Bikes verfolgt würde. Ein Problem dabei war jedoch, wie man die so weit vom Lenker entfernte Kamera ein- und ausschalten könne.

Warum war auf dem ausgeliehenen Bike eine Kamerahalterung? War die schon vormontiert? Gehörte das schon zum Standard?

Am nächsten Tag recherchierte Frankie wieder nach Unfallberichten und Videos. Das war seit ein paar Wochen zur fast täglichen Routine geworden. Er fand nichts Neues. Er klickte seine Tabelle an und sah sich die letzten Einträge an. Dann öffnete er die dazugehörigen Klipps und ließ sie ablaufen. Er wusste nicht, wie oft er sie schon gesehen hatte. Er kannte sie auswendig, jede Gerade, das Aufleuchten des Bremslichts vor jeder Kehre und am Ende den Crash.

Trotzdem erschien ihm heute irgendetwas anders. Es konnte doch nicht sein, dass sich etwas verändert hatte! Der Blickwinkel, es war der Blickwinkel. Jetzt fiel ihm auf, dass der eben ablaufende Klipp tief unten aufgezeichnet war. Die Kameraposition war ungewöhnlich tief. Darauf hatte er bisher überhaupt nicht geachtet. Er startete den zweiten Klipp. Da war es genau dasselbe. Die außergewöhnlich tiefe Kameraposition. Dass ihm das erst jetzt auffiel?

Zum Vergleich checkte er noch ein paar andere Videos. Doch nur die vier Crashvideos, die er bereits kannte, hatten diese seltene Kameraposition. Seltsam, dachte sich Frankie. Das könnte ja bedeuten, dass alle Klipps vom selben Biker waren.

-29-

Die Tage des Ermittlertrios waren mit dem Abklappern der Tankstellen und anderen Bikertreffpunkten ausgefüllt. Das Ergebnis der vielen Befragungen war aber äußerst dürftig. Die Einheimischen, die oft Motorradfahrer zu Gast hatten, fanden kaum Zeit für ausführlichere Gespräche mit ihren Gästen und hatten deshalb auch nichts bemerkt. Die Biker, die sie unterwegs befragten, hatten nichts gesehen oder auch keine diesbezüglichen Geschichten gehört oder gaben es zumindest nicht zu.

Bei der nun täglichen Telefonkonferenz tauschten sie ihre Erfahrungen und die schlechten Ergebnisse aus. Nur Chris hatte noch eine Ergänzung zum Unfall im Berchtesgadener Land. Einer ihrer Kollegen hatte sie über eine nachgereichte Ergänzung zum Unfallprotokoll informiert: ein Jäger hatte vom Hochstand aus zwei überlaute Bikes beobachtet und sich über den Lärm geärgert, der in der Dämmerung das Wild verscheuchte. Er konnte jedoch nicht erkennen, ob es sich um eine Wettfahrt oder eine Hetzjagd handelte. Er konnte auch keine Angaben zu den Kennzeichen machen. Im Schatten der Berge hatte er nicht einmal die Farbe der Motorräder erkannt. Auf eine eventuelle Hetzjagd angesprochen, hatte der Jäger verneint und lachend erzählt, dass er nur einmal eine Jagdszene beobachtet hatte und das war, als ein brunftiger Rehbock blindlings eine Geis verfolgt und beim ungestümen Überqueren der Straße einen Biker von seinem Stahlross gepflückt hatte. Dem Biker war nichts passiert, sein Motorrad musste jedoch abtransportiert werden. Marko und Giuseppe konnten bei der Vorstellung dieser Szene das Lachen nur mühevoll unterdrücken.

Marko hatte auch die IT-Expertin und die Polizeipsychologin kontaktiert. Aber beide hatten keine neuen Erkenntnisse zu berichten.

Deprimiert darüber, dass ihre zeitraubenden Ermittlungen rund um die Unfallorte keine verwertbaren Anhaltspunkte gebrachte hatten, verfasste er den Bericht für den Polizeimajor.

-30-

Als Marko zurück ins Büro kam, zeigte sein Handy einen versäumten Anruf von Giuseppe Kofler an. Vor sieben Minuten hatte er versucht Marko zu erreichen. Marko drückte die Rückruftaste und Giuseppe hob beim zweiten Läuten bereits ab.

»Hi, ich hab was!«, schoss er sofort los. »Wir hatten ja die Kollegen über unser elektronisches Blackboard gebeten, nach Auffälligkeiten im Zusammenhang mit Motorrädern zu achten. Auch die außergewöhnliche Kameraposition wurde genannt. Jetzt hat sich eine Kollegin aus Bozen gemeldet, die einen Spritdiebstahl bei einer Bozener Tankstelle bearbeitet. Sie hat dort das Überwachungsvideo durchgesehen. Der Biker, der ohne zu zahlen abgehauen ist, ist deutlich zu sehen. Leider hat er während des ganzen Tankvorgangs den Helm nicht abgenommen, was ja an sich nicht ungewöhnlich ist. Er trägt einen Racinganzug aus Leder mit den typischen Knieschleifern und sogar einen Höcker unter dem Genick. Da die Überwachungskamera nur schwarz-weiß aufzeichnet, ist die Farbe der Lederkombi nicht erkennbar. Nur das hellere Muster an den Schultern und Oberarmen. Aber dafür ist das Motorradmodell genau zu sehen. Eine italienische Renndiva, die es eh nur mit rotem oder orangerotem Tank gibt. Auch das Kennzeichen ist deutlich erkennbar drauf.«

»Das ist ja super«, freute sich Marko.

»Schon, aber«, beschwichtigte Giuseppe, »die Überprüfung des Kennzeichens, übrigens eines aus München, ergab, dass dieses von seinem Eigentümer bereits Anfang Mai als gestohlen gemeldet wurde. Rate mal wo«, spannte Giuseppe Marko auf die Folter.

»Keine Ahnung, in München?«

»Nein, bei einem Rockkonzert in Innsbruck. Dort waren leider fast fünftausend Besucher. Der Biker hat es zuerst gar nicht bemerkt. Erst bei einem Ampelstopp bei der Stadtausfahrt hat sein Kumpel ihm gesagt, dass seine Nummerntafel fehlt. Das heißt, es ist nicht einmal sicher, dass die Nummerntafel auf dem Parkplatz bei der Olympiahalle gestohlen wurde.«

»Ok!«, sagte Marko. »Ich fasse nochmals zusammen: das Kennzeichen ist gestohlen, also unbrauchbar; das Bike kennen wir nun. Den Anzug des Bikers auch. Gibt der Helm etwas her?«

»Leider nicht viel. Durch die Schwarzweißaufnahmen ist kaum etwas zu erkennen.«

»Schade«, murmelte Marko halblaut ins Handy.

»Ich hab noch was«, nahm Giuseppe das Gespräch wieder auf. »Es gibt auch eine Videoaufzeichnung von vorne. Allerdings von weiter weg. Aber vielleicht können die Experten das noch auswerten und checken, ob eine Kamera montiert war.«

»Ja, sie sollen sich auch ansehen, ob das Reifenprofil und die Felge vom Vorderrad erkennbar sind und eventuell mit den Videos übereinstimmen«, ergänzte Marko und notierte sich die Hinweise für die Techniker.

Als sie das Gespräch beendeten, hatten sie festgelegt, wie sie weiter vorgehen würden.

Polizeimajor Blatzer war tief in seinen hochlehnigen Sessel versunken. Der Bericht von Gehmaier lag gelesen vor ihm. Blatzer war bei dessen Studium mit seinen Gedanken abgeglitten. Die Erinnerung von vor vier Jahren war hochgekommen.

Damals war ein hochrangiger Kollege in sein Büro gestürzt und hatte ihn in knappen Sätzen informiert, dass sein Sohn Alexander einen Verkehrsunfall gehabt habe. Sein Kollege hatte ihn sofort ins Landeskrankenhaus gefahren, in das Alex gebracht worden war. Er hatte eine schwere Kopfverletzung, innere Verletzungen und einige Knochenbrüche erlitten. Die Ärzte kämpften eine ganze Nacht um das Leben seines Sohnes, während er mit Alexanders Mutter vor dem Intensivzimmer wartete. Doch alle Mühen waren vergebens gewesen. Alex hatte es nicht geschafft. Seine Eltern waren tief erschüttert, dass ihr einziger Sohn so plötzlich aus dem Leben gerissen wurde. Erst einige Tage später war der Major dazu in der Lage gewesen, den Unfallbericht seiner Kollegen zu lesen. Alex war mit seinem Auto offenbar viel zu schnell unterwegs gewesen und hatte sich vermutlich in einer Kurve den rechten Vorderreifen am Randstein aufgerissen. Er war ins Schleudern gekommen und dann gegen eine Baumgruppe geprallt. Im Bericht war Fremdverschulden ausgeschlossen worden. Und Alexander hatte auch kein Promille Alkohol im Blut. Es hatte Gerüchte über ein Wettrennen gegeben. Dies konnte aber nie nachgewiesen werden.

Gehmaiers Fall hatte diese Erinnerungen beim Polizeimajor wieder aufsteigen lassen. Vielleicht wollte er glauben, dass der Unfall von Alex damals ähnliche Ursachen hatte, wie jene, zu denen Gehmaier jetzt ermittelte.

Blatzer griff zum Telefon und bat seine Sekretärin, ihn mit Gehmaier zu verbinden, falls dieser im Haus wäre. Sonst solle sie organisieren, dass Gehmaier gleich am nächsten Morgen zu ihm käme. Er schätzte das Engagement des jungen Kollegen sehr, hatte aber beim Lesen des Berichts gespürt, dass dieser durch die Ergebnislosigkeit frustriert war.

Als Marko zum Major Blatzer vorgelassen wurde, erwartete er ein Donnerwetter, weil sie bei den Ermittlungen nicht weiter kamen. Doch stattdessen bekam er von der Sekretärin einen Kaffee mit Milch, ohne Zucker, hingestellt und vom Major einen Platz angeboten. Der erfahrene Offizier begann ganz ruhig und fast leise zu sprechen. Er könne gut nachvollziehen, erklärte er väterlich, wie schwer es sei, in diesem Ameisenhaufen, wo sich stets alle Mitspieler bewegten, irgendeine Spur zu finden. Marko berichtete noch kurz vom Gespräch mit seinem Kollegen Kofler von den Carabinieri über den Biker mit dem Spritdiebstahl. Er schlug vor, zu erheben, wie viele dieser Modelle im fraglichen Gebiet zugelassen waren. Außerdem sollten die Techniker das Überwachungsvideo nochmals genauestens untersuchen. Er griff nach jedem Strohhalm und hoffte auf Spuren.

»Reden Sie nochmals mit Dr. Koppnik. Die hat ja so eine Profiler-Ausbildung in Wien gemacht. Vielleicht kommt dabei noch was raus«, schlug Major Blatzer vor. »Hat sie all diese Videos schon analysiert?«, fragte er. »Ich meine nicht nur die, die Sie von den Unfällen aufgelistet haben. Sondern auch andere Bikerklipps und auch Fahrradvideos. Vielleicht fällt ihr was auf. Vielleicht kann sie auch das Psychoprofil des Cacciatore schärfen«, meinte der Major und setzte fort, »auch wenn ich keinen Plan habe, wie wir mit einem Psychoprofil einen herumrasenden Biker finden können.« Da kam sogar Marko ins Schmunzeln.

-31-

Andi hatte den wöchentlichen Besuch abgesagt, weil er arbeiten musste. Bedauerlich, dachte sich Frankie, denn das Wetter war einfach wunderbar, angenehm warm, kaum Wolken am Himmel. Er wollte jedenfalls nicht im Zimmer hocken, sondern raus in die Sommersonne. Nach dem Mittagessen war er mit dem Bus in die Stadt gefahren und hatte vor der Eisdiele am Stadtplatz einen Eiskaffee vor sich stehen. Er genoss das Vanilleeis im herben Kaffee, obwohl er nach seinem Arzt bei Süßigkeiten achtgeben sollte. Langsam sog er mit dem Strohhalm die Mischung von geschmolzenem Eis und Kaffee ein und schob einen Löffel Schlagsahne nach.

Eine Weile beobachtete er die vorbei huschenden Leute und, in einiger Entfernung, den Verkehr. Aus einem Cabrio, in dem sich drei Leute die Sonne auf den Kopf scheinen ließen, klang heitere Musik und Lachen bis zu ihm herüber. Er hörte ein dumpfes Grölen und wandte seinen Kopf nach links. Ein italienisches Naked Bike war die Quelle des Geräusches, dass er mehr spürte als hörte. Unbewusst nahm er es in sich auf. Ein beklemmendes Gefühl stieg vom Bauch in ihm hoch. Wie er den Biker beneidete. Dieser hatte das Motorrad am Straßenrand auf den Seitenständer gekippt und war mit dem Helm in der

Hand lässig zu einem langhaarigen Mädchen geschlendert, das alleine an einem Tisch saß. In Frankie stieg ein Bild auf, wie er auf ein Motorrad stieg, den Motor hochjaulen ließ und dann gemächlich unter dem Blick der Herumsitzenden in den Verkehr eintauchte. Ein Mädchen umklammerte ihn von hinten, träumte er sehnsüchtig mit halbgeschlossenen Augen.

»Hey, Frankie«, begrüßte ihn eine Stimme. »Darf ich mich zu dir setzen?«

Frankie, aus seinen Gedanken gerissen, sah auf und erkannte Hanspeter, einen Arbeitskollegen von Andi, den auch Frankie schon länger kannte. Eine lose Bekanntschaft. Man traf sich ab und zu in der Stadt, am Fußballplatz oder in der Sporthalle.

»Ja, klar«, antwortete Frankie, der sich freute, nicht mehr alleine herumzusitzen. »Was machst du so«, begann er eine kleine Konversation.

»Bin ein bisschen durch die Stadt gelaufen. Vertreib mir die Zeit bis zum Match heute Abend.«

»Welches Match?«, wollte Frankie wissen.

»Fußball, unsere spielen um den Abstieg, eigentlich gegen den Abstieg«, korrigierte Hanspeter ironisch. »Bin gespannt, ob sie es auch diesmal wieder schaffen.«

»Wusste gar nicht, dass das Match heute ist. Hab ich nicht am Radar gehabt. Ich wollte mit Andi rüber fahren zum Beachvolleyball und dann noch was trinken. Aber er hat abgesagt, muss arbeiten.«

»Arbeiten?«, wunderte sich Hanspeter.

»Hat er gesagt, also per SMS hat er es mir geschrieben.«

»Ja, verstehe, aber«, verstummte er mitten im Satz

»Was, aber?«, hakte Frankie nach.

»Ach, nichts. Ich dachte nur, Andi hätte sich frei genommen, weil er eine Dreitagestour in den Süden machen wollte.«

»Echt«, staunte Frankie. »Davon hat er nichts gesagt. Komisch. Weißt du, wohin er will?«

»Nein, keine Ahnung.«

»Ist er mit dem Motorrad unterwegs?«

»Das weiß ich nicht. Gesagt hat er es nicht.«

Frankie grübelte. Seine Verstimmung war ihm ins Gesicht gezeichnet. Warum hatte ihm Andi das verheimlicht? Warum hatte er die Arbeit als Ausrede benützt? Hatte er das Bike vielleicht noch gar nicht zurück gestellt? Er versuchte, seine Enttäuschung hinunter zu schlucken und den aufsteigenden Ärger zu unterdrücken.

Nach ein paar Minuten rappelte er sich hoch.

»Na vielleicht verwechsle ich da mit der SMS was.« Er wollte seinen Freund jetzt nicht bloßstellen, indem er die SMS checkte oder die Sache vertiefte.

»Kann ich mit dir mitfahren, raus zum Fußballplatz?«, wechselte er das Thema.

»Na klar, kein Problem«, antwortete Hanspeter.

Sie bereiteten sich intensiv auf das Match vor, indem sie die letzten Spiele und die Aufstellung für den kommenden Abend diskutierten und sich mit Bier in Sportplatzlaune brachten.

-32-

Marko hatte Wochenenddienst und diskutierte gerade mit Dr. Koppnik, die wegen eines überfälligen Abschlussberichts auch im Büro war, die Anregungen des Majors, als er einen Alert auf seinem Bildschirm aufblitzen sah. Ein neues Video war hochgeladen worden. Rasch beendete er das Telefongespräch und klickte gleich auf den Startknopf zum neuen Klipp.

Das Bike mit der Kamera fuhr knapp auf den Vordermann auf. Ein italienisches Kennzeichen war deutlich zu sehen. Der Silhouette nach war das aber keine Rennmaschine, sondern ein aufgemotztes Supermotobike. Der breite Hinterreifen war gut erkennbar, ebenso die relativ hohe Sitzposition des Fahrers. Der Vordere setzte zu einer Rechtskurve an und nahm die typische Supermotohaltung ein, in dem er das Motorrad tief runterdrückte, selber aber fast aufrecht sitzen blieb. Das rechte Bein hatte er wie ein Motocrossfahrer von der Fußraste gehoben und weggestreckt, als wollte er sich gegen die Kurve stemmen. Die Kamera schwenkte in die Kurve. Das ist dieselbe Perspektive wie bei den anderen Klipps, schoss es Marko durch den Kopf. Als die Kamera nach der Haarnadelkurve wieder auf die Gerade gerichtet wurde, hatte der Supermotofahrer einigen

Abstand erzielen können. Doch der Verfolger näherte sich sehr schnell an. Offenbar hatte dieser einige PS mehr als die leichtere Supermotomaschine, deren Stärke die schnellen Kurven und die Beschleunigung aus den Kurven heraus waren. Der Verfolger setzte zum Überholen an, doch die Supermoto schnitt in die nächste Kurve, eine nach links, und machte das Loch zum Überholen zu. Marko gruselte es beim Gedanken, dass da Gegenverkehr hätte sein können. Aber die Kameraposition war ja sehr niedrig über der Fahrbahn. Vielleicht konnte der hochsitzende Supermotofahrer besser in die Kurve einsehen. So jagten die beiden eine Spitzkehre nach der anderen hinunter. Immer wieder leuchtete das Bremslicht grell, aber nur kurz auf. Der Kerl auf der Supermoto war ein echter Könner. Er holte das Letzte aus seinem Gefährt heraus. Und die Geraden zwischen den Haarnadelkurven waren kurz. Gerade zu kurz, dass der Verfolger seinen Kraftvorteil ausspielen konnte. Markos Herz pochte. Er starrte gebannt auf den Bildschirm. Was würde passieren? Nächste Kehre. Bremslicht. Das Hinterrad in tiefer Schräglage. Es rutschte leicht nach links weg. Fing sich gleich wieder. Ein Ruck ging durch das Bike, wenn der nächste Gang hochgerissen wurde. Aus dem Aufwärtsruck glaubte Marko einen kurzer Wheelie zu erkennen, der einem aggressiven Dreh am Gasgriff folgte. Linkskehre. Etwas Dunkles schimmerte auf. Das vordere Motorrad war weit links, zu weit. Der Fahrer verriss sein Bike. Funken sprühten auf, als es liegend auf ein Fahrzeug zu schlitterte. Der Verfolger schoss vorbei. Der Bildschirm wurde schwarz. Wie benommen starrte Marko noch einige Sekunden auf den schwarzen Bildschirm.

Verdammt, dachte er. Schon wieder. Und der Crash ist sicher nicht harmlos ausgegangen. Die Szenen in den Kurven, die brutale Schräglage des Supermotobikes. Die geschnittene Kurve und die sprühenden Funken hallten noch durch seinen Hinterkopf. Erst langsam kam sein Puls wieder herunter und die Gedanken wurden wieder klar. Als er sich gefasst hatte, stand er auf. Ging zur Tür. Doch er drehte um und setzte sich wieder vor den Bildschirm.

-33-

Am Sonntagmorgen hatte sich Frankie vom Fußballmatch erholen müssen. Das Heimspiel hatte den Abstieg nicht verhindern können. Die anschließenden Spielanalysen mit Hanspeter und den anderen brauchten viel Bier und dauerten bis nach Mitternacht.

Der Nachmittag verging mit dem Besuch von Verwandten. Es wurde im Garten gegrillt und gequatscht. Frankie labte sich etwas zu viel an der Sommerbowle.

So kam Frankie erst im Laufe des Montags dazu, nach neuen Videos zu suchen. Wie immer waren nach einem Schönwetterwochenende einige Klipps hochgeladen worden und es kostete Frankie einige Zeit, bis er alle gesichtet hatte. Aber für ihn war es, wie wenn er selber die Wochenendtouren gefahren wäre. Die Videos waren typische Helmkameraaufzeichnungen, einige mit langweiligen Fahrten auf endlosen Landstraßen. Nur eines fiel aus der Reihe.

Der Klipp zeigte einen Supermotofahrer, der von hinten gefilmt wurde. Und das von einer tief liegenden Kamera, wie Frankie jetzt sofort auffiel. Er sah, wie der Supermotofahrer die Kurven schnitt und der Verfolger auf den Geraden aufholte, aber nicht überholen konnte. In einer eng geschnittenen Spitzkehre verlor das Hinterrad an Grip, rutschte weg. Der Biker fing sein Eisen jedoch geschickt ab. Mann, der hat´s drauf, bewunderte Frankie den Fahrer. Eine Linkskehre kam. Der Supermotobiker war sehr weit links, als er sein Bike verriss. Sprühende Funken waren zu sehen, als das Motorrad, auf dem Boden liegend, auf einen Kleinbus zu schlitterte. Die Kamera schoss am Fahrzeug vorbei.

Wieder ein Crashvideo, dachte Frankie. Er sah, dass es Sonntagnacht hochgeladen worden war und machte sich auf die Suche nach Unfallberichten. Er checkte die üblichen Websites, fand jedoch keinen Hinweis auf den Unfall, der gepasst hätte. Vielleicht kommt der Bericht erst, dachte er und surfte ein bisschen herum. Schaute sich die Wetterlage mittels Webcams an und klickte ein bisschen durch andere Nachrichten. Als er auf die Sportseite klickte, um die Kommentare zum Abstiegsdrama seiner Heimmannschaft zu lesen, stach ihm eine Schlagzeile ins Auge: ´Supermoto-Racer bei Privatrennen gestürzt.´ Er scrollte weiter und las, dass der bekannte Supermotofahrer Dani Grieser auf dem Stilfser Joch, seiner Heimstrecke, zu Sturz gekommen war und mit mehreren Brüchen im Krankenhaus lag. Frankie suchte nochmals nach dem Video und sah sich das Kennzeichen an. Es war ein italienisches. Das schien zu passen. Er spürte, wie ihm heiß wurde.

Im Lauf des Nachmittags dachte Frankie wieder an Andi und seine Heimlichtuerei. In seinem Kopf wanderten die Bilder von Andi zum ausgeliehenen Racebike und zur seltenen Kameraposition. Was wäre, wenn Andi die Klipps gemacht hätte, blitzte eine Befürchtung in seinem Kopf auf. Nein, versuchte er sich zu beruhigen, dass konnte nicht sein. Aber wenn doch? Er war ja letztes Wochenende in den Süden gefahren, wie Hanspeter es gesagt hatte. Seine Stimmung verfinsterte sich schlagartig. Angst stieg in ihm hoch. Nein, die tiefe Kameraposition war sicher ein Zufall, versuchte er rational zu denken. Bestimmt waren mehrere auf diese Idee gekommen. Aber warum waren nur die Crashs aus dieser Perspektive aufgezeichnet worden? Unruhe erfasste ihn. Was sollte er tun? Nach einer Viertelstunde unruhigen Herumwälzens klickte er auf seine Tabelle mit den Unfalldaten und versuchte sich zu erinnern, ob Andi zu den genannten Datumsangaben mit ihm zusammen gewesen war. Mehrfach ging er die paar Datumseinträge durch, die oft schon mehrere Monate zurück lagen. Er war sich nicht mehr sicher, wann er und Andi zusammen gewesen waren. Nur ein Datum fiel ihm auf. Ein Videoupload war in der Sonntagnacht erfolgt. Das war jenes Wochenende, als Andi ihn Freitagabend zum Basketballmatch abgeholt hatte. Was hatte Andi am darauffolgenden Wochenende getan?

-34-

Irgendetwas kam Marko an dem Film bekannt vor, er wusste aber nicht was. Er ließ das Video nochmals ablaufen. Beobachtete die Szenen. Versuchte sich nicht auf das Geschehen zu konzentrieren, sondern den Blick gleiten zu lassen. Was war es? Was war ihm im Unterbewusstsein aufgefallen? Er schob den Schiebebalken zurück, ein paar Sekunden, vielleicht eine halbe Minute der Laufzeit des Klipps. Eine Gerade lief durch. Links und rechts vor dem rasenden Supermotofahrer war die Mauer der Spitzkehre zu sehen. Er drückte den Stoppknopf und betrachtete das Bild. Die Nummerierung. Die Kehren waren mit nummerierten Schildern gekennzeichnet. Er kannte das. Nochmals ließ er das Video von vorne laufen. Er kannte diese Strecke. Was war das bloß für eine Straße? Er versuchte sich zu erinnern. In Gedanken verloren stand er auf und holte sich ein Glas Wasser.

Es wollte ihm nicht einfallen. Er setzte sich hin und überlegte. Woher kannte er das? Dann nahm er sein Smartphone und öffnete den Fotoordner. Wahllos strich er mit dem Zeigefinger die Fotos über den Bildschirm. Das Stilfser Joch - Passo dello Stelvio. Das war es! Er wusste, dass er die Stelle kannte. Jetzt war es ihm klar. Das Foto am Smartphone stieß seine Erinnerung an. Im Vorjahr hatte er mit einem Freund das Joch befahren. Das Stilfser Joch: Achtundvierzig Kehren rauf zum Pass auf über 2.700 Meter. Eine der höchsten Passstraßen Europas. Das hatte er sich gemerkt, weil es ihn sehr beeindruckt hatte. Mit einem sagenhaft schönen Ausblick auf den fast viertausend Meter hohen Ortler. Achtundvierzig Kehren rauf, vierunddreißig wieder runter bis Bormio, wiederholte er im Gedanken. Ein Traum für jeden Motorradfahrer. Er erinnerte sich an die vielen Bikes, die bei seinem letzten Besuch oben am Parkplatz aufgereiht waren. Aus aller Herren Länder waren sie dorthin gepilgert. Gestaunt hatte er über Bikes mit griechischen, sogar mit israelischen Kennzeichen. Marko hatte erst fragen müssen, ob er das richtig erkannt hatte. »Yes, Israel. Coming from Tel Aviv«, hatte der sportliche Typ freundlich gelächelt. Auf Markos Nachfrage, ob sie durch die Türkei gefahren seien, hatte er dann erklärt, »We took a ferry to Greece, you can´t pass through Libanon.«

Die Nummern identifizierten also die Spitzkehren am Stilfser Joch. Marko machte sich an die Arbeit. Er checkte die Uploadzeit und den Autor. ´Angelo Caccio´ stand da. Eindeutig, dachte Marko. Er schrieb sich das Kennzeichen des Supermotofahrers ab, kopierte den Link auf das Video in ein Mail und sandte es an Giuseppe. Wenig später rief er ihn an. »Hi, es gibt ein neues Video. Den Link hast du schon per Mail erhalten. Schau mal rein. Ich glaube, das Drama war am Stilfser Joch. Bitte check schnell, ob ihr da etwas über einen Unfall habt.« Im Staccato hämmerte er seine Infos ins Handy. »Ja, ich wollte es gerade aufrufen«, antwortete Giuseppe. »Und das Kennzeichen werde ich gleich an die Kollegen im Vinschgau weitergeben. Die prüfen dann, ob es da einen Unfall gab und ob das Kennzeichen dazu gehört.« Sie sprachen noch ein paar Minuten über die Ermittlungsarbeiten. Marko merkte aber, dass Giuseppe drängte. Offenbar wollte er endlich das Video ansehen.

-35-

Marko hatte eine schlechte Nacht hinter sich. Stundenlang war er wach gelegen und hatte gegrübelt. Um vier Uhr fünfundzwanzig hatte er das letzte Mal auf die Uhr gesehen. Dann hatte ihn der Wecker um sechs Uhr dreißig aus einem unruhigen Schlaf gerissen.

Er war besorgt, denn es war schon Mitte August und er wusste, dass die Motorradsaison je nach Wetterlage oft schon Ende September zu Ende sein konnte. Es gab nur wenige Motorradfahrer, die bei Frühtemperaturen unter fünf Grad plus Lust hatten auf die hohen Alpenpässe zu reiten. Außerdem war es dann oft nebelig und lange in den Vormittag hinein taunass. In Verbindung mit dem fallenden Herbstlaub war das eine unangenehme, ja höchst gefährliche Mischung.

Vom Büro aus klapperte er per Telefon seine Mitstreiter ab, um zu erfahren, ob es was Neues gab und was diese abarbeiten wollten.

Chris hatte das Umfeld des Bikers gecheckt, dessen Kennzeichen in Innsbruck gestohlen worden war. Der hatte sich als harmlos erwiesen. Jetzt wollte sie noch ein paar Motorradgruppen und Vereine kontaktieren, ob da jemand etwas gehört oder gesehen hatte. Außerdem lief noch die Erhebung der in Deutschland gemeldeten Motorräder jenes Modells, das auf dem Tankstellenvideo identifiziert worden war.

Giuseppe arbeitete an seinen Tasks. Leider hatte er noch keine Rückmeldung über den Unfall am Stilfser Joch bekommen.

Er und auch Chris hatten das Video bereits mehrfach angesehen und sie sprachen kurz darüber.

Die Aktivitäten, die bei Marko am Laufen waren, waren fast ident. Nach der Telefonkonferenz mit Chris und Giuseppe rief er noch Dr. Koppnik an, die, wie alle im Team, die Info über das neue Video bekommen hatte. Er diskutierte mit ihr den Namen des Autors. Koppnik unterstrich die Kombination von Angelo und Caccio, also eine verkürzte Form von Jäger auf Italienisch. Wieder spielte der Autor auf die Kombination von Racheengel und Jäger an. Und wieder war das Video eine Mischung aus Hetzjagd und Wettrennen. Sie war noch nicht dahinter gekommen, was das mit dem Racheengel auf sich hatte. Sie fand keinen Zusammenhang zwischen offenbar willkürlichen Kontrahenten im Wettrennen und einem Rachefeldzug. Koppnik betonte, dass die Unfallopfer, ausgenommen jenes vom Rollepass, sich selbst auf das Spiel eingelassen hatten. Hier führten ihrer Meinung nach die Mischung aus Eitelkeit und falsch verstandenem Mut zu einer gefährlichen Form der leichtsinnigen Selbstüberschätzung.

»Natürlich tragen auch machomäßiges Imponiergehabe und schlichte Dummheit wesentlich dazu bei«, führte die Psychologin aus. »Vermutlich waren sich die Fahrer aber darüber nicht im Klaren, auf welches Risiko sie sich hier eingelassen hatten. Wer gibt schon Selbstüberschätzung zu«, stellte sie fest. »Ich darf noch hinzufügen, dass ich den Begriff Macho hier nicht nur auf Männer beziehe, sondern auf männlich betontes Kraftprotzertum, dem auch Frauen anheimfallen, insbesondere, wenn sie mangelnde Körperkraft durch technisches Gerät ausgleichen können«, schloss Koppnik ihre Ausführungen.

»Das heißt, Sie könnten sich auch vorstellen, dass der Cacciatore eine Frau ist?«, fragte Marko nochmals nach.

»Genau. Auch wenn ich das für eher unwahrscheinlich halte, würde ich es nicht gänzlich ausschließen«, hielt sich die Profilerin alle Optionen offen.

-36-

In den letzten Tagen kämpfte Frankie mit der Ungewissheit. Immer wieder kamen seine Gedanken zum zentralen Punkt zurück: War es möglich, dass Andi die Crashvideos gemacht hatte? War es denkbar, dass Andi selbst bei diesen Wettrennen dabei war? Wieder und wieder hatte er sich die Klipps angesehen und überlegt, ob der Kamerafahrer die Vorderen angetrieben hatte. Aber das schien ihm unlogisch. Wenn jemand kein Wettrennen wollte, brauchte er den Verfolger ja nur vorbei zu lassen. Andererseits kannte er den Ehrgeiz, der aufkam, wenn einem ein Bike auf den Pelz rückte.

Trotz seiner langen Grübeleien kam er zu keinem Ergebnis. Er war verunsichert. Hatte Angst, dass Andi da in etwas hineingeraten war. Gleichzeitig traute er Andi solche Aktionen gar nicht zu. Warum sollte Andi sich auf solche Duelle einlassen? Und wie pervers musste man sein, um die Crashvideos online zu stellen? Sollte er die Polizei informieren? Nein, er konnte ja nicht seinen besten Freund verpfeifen. Außerdem waren die anderen selber schuld, wenn sie sich auf einen Fight einließen. Er kämpfte mit seinem Gewissen. Wusste nicht, was er tun sollte.

-37-

Die IT-Technikerin, die mittlerweile für Marko auch die anderen kriminaltechnischen Arbeiten koordinierte, erreichte Marko erst nach der Mittagspause.

»Wir müssen davon ausgehen, dass die Profile von den Vorderreifen, soweit sie auf den Videos erkennbar sind, unterschiedlich sind«, berichtete sie. »Entweder hat der Cacciatore während der Saison die Reifen gewechselt oder er benutzt unterschiedliche Bikes. Die Felgen können wir überhaupt nicht identifizieren. Fest steht aber, dass es sich um Aludruckgussfelgen handelt und nicht um Räder mit Drahtspeichen. Die wären für ein Racebike sowieso ungewöhnlich.«

»Hattet ihr schon Gelegenheit, Videos auf anderen Plattformen zu recherchieren? Habt ihr da etwas gefunden?«, fragte Marko.

»Zwei Kollegen haben sich mit unseren Auswertungsprogrammen durch mehrere Plattformen geackert. Ob wir alle erwischt haben, lässt sich nicht sagen. Wir sind auf einige Crashvideos gestoßen. Aufgenommen jedoch von an der Fahrbahn stehenden Personen oder eindeutig von Helmkameras. Auch die Autorennamen passen nicht zu unserem Profil. Also nichts gefunden«, bedauerte sie.

»Gibt es noch weitere Berichte über Attacken auf Radfahrer?«, wollte Marko noch wissen.

»Wir haben unsere Anzeigendatenbank abgegrast und nichts gefunden, was dazu passen würde. Auch die Kollegen in Südtirol und in Bayern, die wir um dieselben Auswertungen gebeten haben, haben bisher nichts Positives zurück gemeldet.«

»Sch…ade«, fluchte Marko leise, der wieder eine Hoffnung auf Spuren begraben konnte.

»Ich hab noch was«, nahm die Technikerin das Gespräch erneut auf. »Wir sollten ja auch noch prüfen, ob auf dem Bike aus den Tankstellenvideos eine Kamera oder Kamerahalterung erkennbar ist. Das Filmmaterial ist zwar sehr niedrig auflösend, aber wir glauben schon, dass eine Kamera oder Halterung zu erkennen ist. Das ergibt sich aus dem asymmetrischen Muster auf der Vordergabel.«

»Das ist ja super«, freute sich Marko. »Dann wissen wir wenigstens, welches Bike hier verwendet wurde.«

»Ja, schon«, dämpfte sie seine aufkommende Euphorie, »aber nach unseren Recherchen gibt es alleine in Österreich vierundfünfzig Neuzulassungen dieses Modells im letzten Jahr und über einhundertfünfzig bereits davor. In Deutschland werden es wesentlich mehr sein. Im Heimmarkt Italien sowieso. Die können wir unmöglich alle überprüfen.«

»Leider nicht«, bestätigte Marko die Ausführungen. Er hatte momentan keine Idee, was sie hier noch tun könnten, bat aber die Expertin um eine Rückmeldung, wenn ihr noch etwas einfallen würde.

-38-

Die ganze nächste Woche dümpelten die Ermittlungen so dahin. Neue Informationen tröpfelten kaum ein. Irgendwie war die Luft draußen. Bei Marko, Chris und Giuseppe machte sich spürbar Resignation breit. Sie fanden keinen Anhaltspunkt mehr, mit dem sie ihre Ermittlungen vorantreiben konnten. Sie hatten immer wieder Ideen diskutiert und letztlich verworfen, weil sie keine neuen Erkenntnisse erwarteten.

Sie hatten nichts in der Hand. Keine Beweise für die Hetzjagden, nicht einmal für illegale Rennen. Es gab kein Motiv. Den Cacciatore konnten sie auch nicht identifizieren. Und bald war Ende August.

Am Donnerstag, kurz vor Dienstschluss, erhielt Marko einen Anruf von Giuseppe Kofler.

»Hallo Marko, wir haben jetzt den Unfallbericht vom Stilfser Joch. Ich muss sagen, wieder das gleiche Muster. Offenbar ein Privatrennen. Der führende Biker kommt zu Sturz, der Verfolger verschwindet und keiner hat was gesehen.«

Marko hörte aufmerksam zu. »Was ist mit dem Supermotofahrer«, fragte er nach.

»Mit dem hab ich schon gesprochen«, berichtete Giuseppe. »Der hatte gerade noch Glück im Unglück. Als er das entgegenkommende Fahrzeug im letzten

Moment sah und sein Bike, ich möchte sagen, halsbrecherisch wegtrat, prallte dieses gegen den Kleinbus. Der war glücklicherweise vor der Kehre sehr langsam, quasi im Schritttempo. Der Fahrer, ein Belgier aus dem flachen Norden, war das Bergfahren nicht gewohnt und daher sehr vorsichtig. Also, der Biker legte seine Supermoto hin und rutschte selber am Asphalt hinterher. Zum Glück hat sein Lederanzug im Rutschen seine Geschwindigkeit reduziert. Das Bike knallte gegen den Kleinbus, der Biker oben drauf. Er erlitt einen Arm- und einen Schlüsselbeinbruch, sowie einen Bruch des Unterschenkels und einige Prellungen. Seine Lederkombi hat ihn vor wilden Abschürfungen bewahrt. Er liegt jetzt im Spital und konnte schon vernommen werden. Er gab zu, dass er sich auf das kleine Wettrennen eingelassen hatte. Der Bursche ist aus Prad am Stilfser Joch, also ein Lokalmatador.«

»Der hat aber wirklich Schwein gehabt«, meinte Marko. »Konnte er etwas zum Verfolger sagen, was uns weiter hilft?«

»Nichts. Er war ganz stolz darauf, dass ihn der andere nicht überholen konnte. Also hat er ihn nur im Rückspiegel gesehen. Ein echter Freak, der Typ. Der fährt das Stilfser vermutlich jeden Tag in der Früh und am Abend, zum Aufwärmen, sozusagen«, erzählte Giuseppe.

»Ich kenne ein paar von diesen Supermoto-Freaks. Mit ihren leichten, aufgemotzten Bikes sind die meist echt extrem unterwegs. Also, ich glaub, auf einem Rundkurs hast du da nicht leicht eine Chance. Aber dass der auch auf einer Strecke, die auch ein paar lange Geraden hat, so schnell ist, ist Wahnsinn. Der hat´s schon drauf.« In Markos Stimme schwang Respekt mit.

»Ja, der Dani, also Daniel Grieser, ist dort ein anerkannter Supermotofahrer, der schon einige Rennen auf dem Rundkurs gewonnen hat. Damit erklärte er auch sein Glück beim Unfall. Er meinte, er sei schon so oft gestürzt, dass er schon wisse, wie er sich abrollen müsse. Angeber! Aber offenbar hat er es wirklich geschafft. Jeder andere wär jetzt tot.«

»Aber er konnte uns nichts über den Verfolger sagen. Keine Hinweise auf den Fahrer, Anzug, Helm oder das Bike? Hat er die Kamera bemerkt?«, hakte Marko nochmals ein.

»Nein, der Typ war so auf seine Fahrt konzentriert, dass er kaum in den Rückspiegel geschaut hat.«

Marko und Giuseppe war nach dem Gespräch klar, dass der Cacciatore wieder aktiv war. Dieser Dani hatte ja noch Glück im Unglück gehabt. Trotzdem hatte er den Zusammenstoß verschuldet und sein Supermotobike dabei verschrottet. Der Unfall würde aber noch andere Folgen haben. Ihn erwartete mit Sicherheit eine führerscheinlose Zwangspause. Und vermutlich auch noch eine Anzeige wegen Gemeingefährdung.

-39-

Frankie und Andi saßen vor dem Bildschirm und sahen sich einen Horrorfilm an. In einer Werbepause schaltete Frankie den Ton ab und fragte. »Sag, hast du das Bike noch?«

»Das Bike? Das, das du dir in meiner Garage angesehen hast? Nein, ich habe dir doch gesagt, dass ich es zurückstellen muss. Wie kommst du jetzt darauf?«

»Nur so. Wollte nur wissen, ob du viel damit gefahren bist.«

»Nö, leider nicht.«

»Aber an dem Wochenende, als du angeblich arbeiten musstest, hattest du frei. Bist in den Süden gefahren, wie ich gehört habe.«

»Was? Spionierst du mir nach?«

»Ich frag ja nur.«

Sie schwiegen. Die Stimmung war äußerst angespannt. Andi überlegte, ob er aufstehen und gehen sollte. Frankie grübelte, ob er Andi mit seinem Verdacht konfrontieren sollte. Damit würde er ihre Freundschaft riskieren. Andererseits hatte er so auch keine Ruhe.

»Also«, begann Andi und druckste ein wenig herum. »Am letzten Wochenende hab ich dich angelogen. Ich war mit einer neuen Flamme unterwegs. Da ich nicht wusste, ob es was wird, wollte ich es nicht auf die große Glocke hängen.«

»Hmm«, kommentierte Frankie wortlos und wartete, dass Andi weiter sprach.

»Wir wollten zum Gardasee. Mit dem Auto«, stellte Andi klar.

»Und, kenne ich sie?«

»Glaube ich nicht. Ich habe sie auf einer Dienstreise kennen gelernt. Sie ist aus Salzburg.«

»Hast du ein Foto?«

Andi überlegte. »Nein, hab ich nicht, noch nicht. Hab gar nicht daran gedacht.«

Frankie überlegte. Das klang einleuchtend und einfach. Zu einfach und fast zu glatt. Er überlegte, ob er Andi auf die Crashvideos ansprechen sollte, ließ es aber bleiben, um keinen Streit zu beginnen. Plötzlich kamen ihm seine Verdächtigungen so lächerlich vor. Verunsichert hing er seinen Gedanken nach, bis Andi ihn fragte:

»Wollen wir den Film fertig anschauen?«

-40-

Marko hatte am Wochenende dienstfrei. Am Samstag unternahm er alleine eine Bergtour, um ein bisschen Abstand zu gewinnen und so vielleicht neue Ideen und neuen Schwung aufzubauen. Den verregneten Sonntag verbrachte er zu Hause und besuchte nur zum sonntäglichen Mittagessen seine Eltern.

Als er am Montagmorgen ins Büro kam, fand er bereits ein Mail von Chris in seiner Eingangsbox. Sie informierte ihn über einen Motorradunfall auf einer beliebten Bikerstrecke zwischen Garmisch-Partenkirchen und München. Sie hatte keine weiteren Infos beigelegt. Da beinahe jedes Wochenende irgendein Motorradunfall passierte, musste es mit diesem etwas Besonderes auf sich haben. Er wählte ihre Telefonnummer und wartete.

Offenbar war Christiane nicht an ihrem Schreibtisch. Am Handy wollte er sie nicht anrufen, weil er sie im Außendienst vermutete. Dieser erforderte immer volle Konzentration und er wusste von sich selbst, dass dabei jede Störung unwillkommen war.

Nach mehreren Versuchen im Laufe des Vormittags erreichte er sie schließlich.

»Hallo Chris, ist es hektisch heute?«, fragte er sie.

»Es geht so, ich musste nur einen Kollegen im Außendienst begleiten und war deshalb nicht im Büro.

Du rufst wegen meines Mails an, nicht wahr?« Ohne seine Antwort abzuwarten setzte sie fort:

»Gestern am Vormittag gegen neun Uhr dreißig gab es bei Großweil einen Motorradunfall.«

Marko hatte das schon in ihrem Mail gelesen und wartete auf ihre weiteren Ausführungen.

»Wieder scheint ein Wettrennen stattgefunden zu haben. Die Strecke ist ja sonst stark befahren und wird deshalb von den Kollegen auch permanent überwacht. Aber wegen des schlechten Wetters war gestern nicht viel los und die Kollegen hatten einen Notruf. Die zwei Biker hatten freie Bahn für ihr privates Match.«

»Erzähl schon«, entfuhr es Marko ungeduldig.

»Ja, warte mal. Die beiden waren also am Fighten. Der Vordere soll um die hundertdreißig drauf gehabt haben, in einer Siebzigerzone wohlgemerkt, und der zweite sehr knapp hinten drauf. Und jetzt kommt es: der vordere hat einen Schlenkerer gemacht, um einem Schlagloch auszuweichen. Der Hintere war zu knapp auf dem Vorderen drauf, dass er nicht mehr ausweichen konnte. Er knallte voll in das Schlagloch. Das Vorderrad tauchte tief, die Teleskopfederung zuckte zusammen, der Reifen des Vorderrades riss. Das Heck wurde hochgeschleudert, den Fahrer hat es über den Lenker ausgehoben. Er wurde über die Leitschiene geschleudert und ist mit dem Helm und der linken Schulter gegen eine kleine Einfassungsmauer geprallt. Genickbruch! Aus, Ende! Das Motorrad mit dem orangeroten Tank hat sich mehrfach überschlagen und blieb an der Leitschiene hängen. Der Vordere hat es bemerkt, ist sofort zurückgekommen und hat die Polizei angerufen.«

»Und was hat das mit unserem…« unterbrach Marko.

»Warte mal«, ließ sich Christiane nicht abbringen, »der Tote könnte der Cacciatore sein.«

»Was? Wieso?«, fragte Marko überrascht.

»Na, das Bike passt und eine Kamera ist auch unten drauf«, erwiderte Chris.

-Epilog-

In den nächsten Tagen überschlugen sich bei Chris die Ereignisse. Marko war nach Berchtesgaden gefahren, um sie zu unterstützen.

Die Polizisten aus Garmisch hatten das Wrack des Motorrades aufgrund von Chris´ Hinweisen sichergestellt. Es sah ziemlich ramponiert aus. Totalschaden natürlich.

Als Chris mit Marko in Garmisch das Unfallmotorrad untersuchte, fanden sie die seitlich auf der Vordergabel montierte Videokamera. Diese war noch in der Halterung, das Objektiv war jedoch kaputt. Marko konnte die Kamera mit ein bisschen Gewalt aus der Halterung reißen und versuchte sie zu aktivieren. Aber sie war leider tot. Er suchte den Einschubschacht für die Chipkarte, nahm diese heraus und steckte sie in einen Computer, um den Inhalt zu prüfen. Bereits bei der ersten Sichtung der gespeicherten Videos stießen sie auf das Video der letzten Fahrt am Sonntag.

Die Kamera war aktiviert worden, als der Biker auf einen möglichen Gegner aufgelaufen war. Der Klipp zeigte, wie sich die Kamera immer wieder an das vordere Motorrad annäherte. Der Verfolgte beschleunigte daraufhin. Die Verfolgungsjagd ging über einige Minuten. Deutlich war zu sehen, wie die beiden Bikes durch Geschwindigkeitsbeschränkungen und sogar Ortsgebiete hetzten. Der Abstand zum Vorderen war sehr knapp. Das Kennzeichen war ein paar Mal übergroß, so nahe war der Verfolger dran. Er machte ordentlich Druck auf den Vordermann, dessen Silhouette meist das ganze Bild ausfüllte. Die Szene mit dem Ausweichmanöver war kurz zu sehen.

Marko und Christiane sahen, wie das führende Bike kurz nach links schwenkte. Nach dem Bild neigte sich die Kamera zu Boden und kam gleich hinten wieder hoch. Kurz waren eine Wiese und der grau verhangene Himmel zu sehen. Der erste Überschlag. Zwei weitere folgten. Mit einem Schlag wurde es finster. Offenbar war die Kamera gegen irgendetwas geprallt oder von etwas getroffen worden. Der Biker hatte seinen eigenen Todessturz gefilmt.

Marko und Chris sahen sich das Video noch einmal an. Ihre Anspannung war greifbar. Marko startete auch die anderen Videos. Das vorletzte war vom Stilfser Joch, das sie schon kannten, wie andere auch. Somit war bewiesen, dass mit dieser Kamera die Unfälle aufgenommen worden waren und der Fahrer vermutlich an diesen Unfällen beteiligt gewesen war.

Das Kennzeichen erwies sich als gestohlen. Es gehörte zu einem Leichtmotorrad eines Führerscheinneulings und war erst vor wenigen Tagen als verloren gemeldet worden.

Die Kollegen in München meldeten sich. Chris hatte sie anhand der beim Fahrer gefundenen Personaldokumente gebeten, eine Personenüberprüfung vorzunehmen und die Wohnung des Fahrers festzustellen. Die Münchner bestätigten die Identität gemäß der Dokumente. Der Fahrer hatte also seine echten Papiere mit dabei, war aber mit gestohlenem Kennzeichen unterwegs.

Ein paar Tage später hatte Chris den Durchsuchungsbefehl für die Münchner Wohnung in der Hand und fuhr mit Marko hin. Gemeinsam mit den Münchner Polizisten durchforsteten sie die Wohnung. Auf einem Computer fanden die Spezialisten Kopien der Videos. In einem Schrankraum hingen zwei Rennanzüge aus Leder, ein Paar Bikerstiefel und zwei Helme mit unterschiedlichen Dekoren waren sorgfältig aufgestellt. In einer zur Wohnung gehörenden Garage stand ein zweites Racebike japanischer Herkunft. Dort fanden sie auch noch zwei weitere gestohlene Kennzeichen, eines davon aus Österreich und das echte, welches zum Unfallmotorrad gehörte.

Als der Polizeimajor ein paar Tage später den Abschlussbericht von Markus Gehmaier gelesen hatte, war er mit dem Ergebnis zufrieden. Gehmaier hatte die grenzübergreifende Zusammenarbeit gut gemeistert. Die Kooperation mit Christiane Offenbacher und Giuseppe Kofler war erfolgreich verlaufen.

Aufgrund der vorgelegten Indizien und Artefakte war für Markus Gehmaier und die beiden anderen schlüssig bewiesen, dass der Cacciatore jener neunundzwanzigjährige Münchner war, der bei Großweil, Landkreis Garmisch-Partenkirchen, tödlich verunglückt war.

Dem Gutachten der Polizeipsychologin zu Folge, musste bei den Unfällen, die wie illegale Wettrennen aussahen, von einer Mitschuld der Opfer ausgegangen werden, da sich diese auf die tödlichen Duelle eingelassen hatten.

Eindeutig war die Verschuldensfrage nur bei jenem Unfall am Rollepass, bei dem der Cacciatore aus dem Parkplatz herausgefahren war und den Fahrer der Reiseenduro zu einem gefährlichen Ausweichmanöver gezwungen hatte. Eindeutig Nötigung hatte Gehmaier geschlussfolgert. Marko war aufgefallen, dass dieser Klipp auf dem Computer des Cacciatore gespeichert war, jedoch nicht auf dem Speicherchip aus der Kamera. Konnte dieser gelöscht worden sein?

Ein Motiv für die Taten des Cacciatore konnte nur vermutet werden. Befragungen hatten ergeben, dass er vor ungefähr zwei Jahren bei einer Biketour mit seinem besten Freund in einen Unfall verwickelt gewesen war, bei dem sein Freund zu Tode gekommen war. Dem Unfall soll ein Wettrennen mit einer Gruppe anderer Biker vorangegangen sein. Wegen eines Radfahrers, der zwischen die Motorradfahrer geraten war, wurden einige Stürze ausgelöst. Einer davon mit Todesfolge.

Die Psychologin konnte somit auch die mit Angelo Vendicatore angedeutete Rache nur vermuten.

Ob der Cacciatore auch für die beiden angezeigten Attacken auf die Radfahrer verantwortlich war, konnte nicht bewiesen werden.

Die Mitglieder der Sonderkommission ´Bike-Hunting´ hatten sich zu einer ´Nachbesprechung´ verabredet, die sie ihm Rahmen einer kleine Biketour durch Südtirol abhalten wollten. Sie trafen sich an der Einmündung des Antholzertales ins Pustertal, um über den Furkelsattel in die Dolomiten zu fahren. Abends waren sie nach den unzähligen Kehren auf den Südtiroler Pässen, wo ihnen Giuseppe noch ein paar versteckte Aussichtshöhen gezeigt hatte, in Kaltern angekommen.

Der Spätsommer war angenehm lau. Sie spazierten zwischen abgeernteten Apfelbäumchen und Rebstöcken zu einem von Obst- und Weingärten umgebenen Gasthof mit einer schönen Aussicht auf den Kalterer See. Nach dem Essen plauderten sie bei einem Glas Wein aus der Region über ihre Motorraderlebnisse.

Markos Handy lag in seinem Zimmer auf dem Nachkästchen, als ein Alert ein neues Video anzeigte.

-Danksagung-

Zuallererst möchte ich E. danken, die in allen Lebenslagen meine beste Freundin, vor allem aber eine fast unermüdliche Sozia auf vielen meiner Bike-Touren ist, und viele unserer Reisen zu unvergesslichen Erlebnissen gemacht hat! Vielen Dank für die Geduld, die Ratschläge und die kreative und kritische Unterstützung.

Ein großes Dankeschön auch an A. und M., ohne die ich nicht zu schreiben begonnen hätte, und die auch die besten Lektoren und Kritiker sind, die man sich wünschen kann.

5092407R00117

Printed in Germany
by Amazon Distribution
GmbH, Leipzig